Carol Dias

Sete Chamadas

1ª Edição

2023

Direção Editorial: Anastacia Cabo
Preparação de Texto: Fernanda C. F de Jesus
Revisão Final: Equipe The Gift Box
Ilustração: Thalissa (Ghostalie)
Arte de capa e diagramação: Carol Dias

Copyright © Carol Dias, 2023
Copyright © The Gift Box, 2023

Todos os direitos reservados.
Nenhuma parte do conteúdo desse livro poderá ser reproduzida em qualquer meio ou forma – impresso, digital, áudio ou visual – sem a expressa autorização da editora sob penas criminais e ações civis.
Esta é uma obra de ficção. Nomes, personagens, lugares e acontecimentos descritos são produtos da imaginação da autora. Qualquer semelhança com nomes, datas ou acontecimentos reais é mera coincidência.

Este livro segue as regras da Nova Ortografia da Língua Portuguesa.

CIP-BRASIL. CATALOGAÇÃO NA PUBLICAÇÃO
SINDICATO NACIONAL DOS EDITORES DE LIVROS, RJ
Gabriela Faray Ferreira Lopes - Bibliotecária - CRB-7/6643

D531s

    Dias, Carol
        Sete chamadas, dois corações / Carol Dias. - 1. ed. - Rio de Janeiro : The Gift Box, 2023.
        144 p.

    ISBN 978-65-5636-271-7

    1. Romance brasileiro. I. Título.

23-84256   CDD: 869.3
                      CDU: 82-93(81)

Prólogo

Fazia tempo que não sentia o meu peito bater daquele jeito, de levantar a camiseta.
Ainda bem que chegou.
Ainda bem que chegou - Vitor Kley.

Primeiro semestre de 2013.

Nunca tive uma crise de ansiedade na vida, apesar de todo nervosismo que sentia antes de subir ao palco. Mas, com o tempo, entendi que nervosismo é uma coisa, crise de ansiedade é outra. Porque nervosismo faz sua pele arrepiar, seus poros suarem, seu estômago se remexer, mas sempre respirei fundo e fiz o que tinha que fazer. Uma crise de ansiedade parecia muito mais com o que a participante 0584 estava tendo na segunda vez em que a vi.

Na primeira, ela estava sentada ao lado de um cara, usando um vestido rosa meio soltinho e botas, sorrindo como se não tivesse nenhuma preocupação na vida. *Em paz* era uma boa forma de descrevê-la. E, puta que pariu, que mulher linda a participante 0584 era. A pele negra clara, os cachos escuros emoldurados no rosto, que paravam na altura dos ombros, o olhar penetrante e o jeito de falar usando as mãos.

Poucas coisas nesta vida me deixavam tímido, porque "cara de pau" era meu nome do meio, mas não consegui agir. Primeiro, pois me senti levemente intimidado. Segundo, já que achei que o cara pudesse ser seu namorado.

Mas ela estava sozinha na segunda vez em que a vi, e parecendo precisar de ajuda. Eu tinha voltado do banheiro, que era em um corredor afastado da sala principal onde todos os candidatos se reuniam. No outro cômodo, havia câmeras captando as conversas antes das apresentações. Ali só havia uma garota, que parecia prestes a surtar.

Preocupado, criei coragem para ir até ela. Se levasse um belo de um fora, tudo bem. Mas se algo estivesse acontecendo...

— Ei, 0584, tudo bem com você? — perguntei, tocando seu cotovelo de leve.

Ela arregalou os olhos e os levou primeiro para onde nossa pele se tocava. Tirei a mão, pensando estar incomodando. Seu olhar se voltou para o meu.

— Só um pouco nervosa.

— Quer que eu busque uma água?

Ela ergueu a garrafinha para mim.

— Meu melhor amigo está cantando agora, eu deveria estar vendo, mas simplesmente surtei e não consegui ficar lá quando olhei para a multidão.

— Ah, sim, muita gente. É a sua primeira vez em um palco? — questionei, encostando-me à parede ao seu lado.

A intenção era distraí-la até que estivesse mais calma, porque subir ao palco e ter uma crise seria desastroso. Depois de um tempo ali no corredor, nós voltamos até a sala principal e ficamos conversando. Descobri que o nome da participante 0584 era Layla. Pouco tempo depois de estarmos sentados, alguém da produção veio chamá-la.

Havia um local em que os participantes podiam ficar para ver as apresentações. Não aparecíamos nas filmagens, mas era possível nos ver de cima do palco. Fui para lá. O amigo de Layla estava fazendo as gravações do pós, a família dela estava na área reservada para eles e eu senti, por algum motivo, que um apoio extra seria algo bom. Ainda bem que fiz isso.

Deu para ver de longe a sua cara de pânico ao encarar aquela multidão enorme. Quando nossos olhares se encontraram, fiz um joinha com a mão, tentando encorajá-la. Os jurados já haviam falado com ela, que não tinha conseguido responder ainda. Depois da nossa troca, ela respirou fundo e seguiu com a apresentação.

A fase de treinamento foi brutal. Pelas apresentações em sequência, pelas longas horas de espera e pelos cortes de candidatos, mas principalmente pela pressão mental de ser perfeito em todas as vezes que encarávamos os jurados. Acredito que lidei bem com isso, considerando a situação completa. Estar lá com Noah, meu melhor amigo, ajudava.

A primeira fase de apresentação para nós foi em dias diferentes, mas felizmente tivemos um ao outro durante todo o período de treinamento. Algumas das dinâmicas foram em grupos com pessoas desconhecidas, porém o apoio que compartilhamos foi precioso.

Layla também foi um fator decisivo para eu passar bem por aqueles dias. Ela ficava sempre nervosa e era divertido conversar para tentar dar-lhe alguma tranquilidade. Me acalmava também.

Eu tentava não flertar com ela, mas era difícil. A garota era linda, inteligente, cantava bem e tinha uma risada contagiante. Meu número todinho. Porém, aquela era a grande chance da minha vida, e ficar pensando em arrumar uma namorada ou um namorado não deveria ser o meu foco. E ainda tinha a amizade estranha que ela compartilhava com outro candidato. Não ficava muito próximo se os dois estivessem juntos, apenas assistia de longe.

— Para de encarar, cara. — Noah bateu na minha cabeça com um rolinho feito com as letras de música que estávamos estudando. — Parece um perseguidor maluco, pelo amor de Deus.

— Você acha que eles têm alguma coisa?

Resolvi pedir a opinião do meu amigo em vez de responder o que ele disse, já que o babaca estava certo.

— Ele daria uns pegas nela com certeza, olha onde está a mão dele.

Segui a direção que ele apontou, vendo o tal Mase com o braço quase fechando no pescoço de Layla, repousando poucos centímetros acima dos seios da garota, enquanto caminhavam.

— Verdade. Mas ela me disse mais de uma vez que os dois são apenas amigos.

— Ela te disse isso? — Noah perguntou, arregalando os olhos. Apenas acenei. — Ah, idiota. Ela pode estar a fim de você, então.

— Acha mesmo?

Ele deu de ombros, mas respondeu:

— Quem entende as mulheres, irmão? Quer que eu pergunte para a Ama ou a Niara? Sempre peço esse tipo de conselho para as duas. Mas acho que sim, pô. Por que ela te diria, mais de uma vez, que o cara com quem anda para cima e para baixo é só um amigo, se não fosse para mostrar que o caminho estava aberto para você?

SETE CHAMADAS

Suspirei. Seres humanos deveriam vir com manual de instruções e um capítulo inteiro apenas para relacionamentos. E digo seres humanos, pois, apesar do que dizem por aí, esse problema de "leitura" não era só em relação às mulheres. Como alguém que beijou meninos e meninas, posso afirmar com convicção.

— Será que eu a chamo para sair?

— Acho que você seria otário de não chamar. Se ela disser não, o que você perde? Nada.

Como um sinal do Universo, uma produtora entrou na sala onde estávamos e chamou um grupo que incluía Mase e Noah. Assim que meu amigo se levantou, segui seu exemplo. Ele foi com a produtora e eu fui atrás de Layla. Respirei fundo, criei coragem.

Amaciei primeiro. Conversei um pouco, contei histórias. Depois, perguntei o que ela pretendia fazer dali a dois dias, quando as gravações terminassem. Eu era de Manchester, ela de Bristol, mas marcar algo não seria o fim do mundo. Ela sorriu, falou sobre a escola, as aulas que tinha perdido. Contudo, quando quis saber o porquê da pergunta, não titubeei.

— Porque eu quero te convidar para sair. Não quero que a gente perca contato.

Deu tudo certo no final, mas não do jeito que eu planejei. Porque Layla foi eliminada do programa naquela noite e usou meus braços para buscar conforto. Meus braços, meus beijos e meu quarto de hotel.

Mas isso era outra história.

Primeiro

Não consigo explicar, o tempo parece parar. Ouço a tua voz chamar, me dá vontade de chorar. A gente briga todo dia. Enquanto a vida acontecia, o amor saiu pela porta afora.
A tua voz - Gloria Groove.

3 de agosto de 2019.

— Eu não quero brigar, só quero entender — declarei, cansado de mais uma discussão antes mesmo de ela acontecer.

Ultimamente não havia um olhar, um carinho. Nem nos momentos de maior pressão esse relacionamento já tinha sido assim. E, sinceramente, eu não queria brigar e machucar Layla de novo. Eu a amava demais para isso.

— Quando a gente começou a sair, eu te pedi uma lista de todas as bocas que você beijou? — devolveu com a voz entediada, sem sequer virar o rosto para mim.

Eu sabia que não tinha sido convidado para estar aqui hoje. Porém, uma semana se passou desde que aquela foto saiu, e não consegui deixar de ir à casa dela.

— Layla, por favor, seja razoável.

— Eu sou completamente razoável, Owen. — Deixou a faca sobre a tábua de corte e virou para mim, finalmente. Desde que coloquei os pés nesta casa, estava tentando falar com suas costas. — A foto é de antes de eu sequer ter te conhecido, por que eu teria que te mandar um relatório sobre ela?

— É que você não era famosa antes de nos conhecermos, então não entendo por que um paparazzo tiraria a foto.

Ela bufou, respirando fundo várias vezes sem me encarar.

— Porque não foi um paparazzo. Foi um idiota da minha escola, que me viu beijando um garoto que estudou comigo e fotografou. Ele tentou me chantagear com ela, porque seria uma fofoca enorme na escola, mas não deu certo, ninguém se importou. Bom, agora ele achou que seria um ótimo momento para soltá-la, dada a crise no nosso relacionamento. Deve ter ganhado uma grana com ela.

— Quem é o garoto da foto?

— Owen, quantos garotos que estudaram comigo você conhece? O que vai adiantar se eu te disser o nome?

Por que ela não podia simplesmente dizer? Lá no fundo, eu sabia. No meu inconsciente, eu tinha a confirmação para as dúvidas que giravam na minha cabeça desde que vi a foto pela primeira vez. Só que eu queria ouvir da sua boca.

Mas, pelo olhar no rosto de Layla, ela não diria nunca. Eu teria que arrancar a confissão.

— Layla, aquele garoto era o Mase?

Ela nem precisou dizer, o brilho no olhar entregou.

Puta que pariu, que pesadelo.

— Se era isso que você queria saber, por que não perguntou logo de cara? — O tom de voz era tão frio que senti toda minha espinha gelar.

— Porque queria te dar a oportunidade de explicar sem que eu estivesse 900% puto.

— E por que eu teria que te explicar sobre um beijo que eu dei antes mesmo de saber da sua existência?

— Porque, em todos esses anos de namoro, eu sempre achei que vocês eram apenas amigos.

— E éramos! — explodiu. — Somos amigos! Não me peça para escolher entre a nossa amizade e este relacionamento furado, porque você não vai gostar da resposta.

A ameaça arregalou meus olhos. Tudo bem não ser o número um da sua vida, estar atrás de sua mãe ou alguém da família, mas acabou de ficar claro que eu estava atrás de Mason. E não gostei de estar ali.

— Vamos falar então sobre este relacionamento furado, antes de voltar ao tópico Mase. Layla, se você não me ama mais…

— O caso não é te amar ou não, Owen. Você sabe disso. Sabe como me sinto em relação a você. O caso é não aguentar mais a forma como estamos lidando com isso que chamamos de namoro.

Suspirei, jogando-me em uma das banquetas da cozinha. Era hora de entrar em mais um looping eterno. Já conversamos muitas vezes, gritamos, xingamos, mas sempre terminávamos escolhendo continuar juntos.

— Se você não aguenta mais, me manda embora, porra. Chega. Vamos terminar.

— Ótimo, pode sair — comentou, voltando-se para o tempero que estava cortando na pia. — Já era para eu ter feito isso há muito tempo.

— É sério? — perguntei após alguns segundos de silêncio, completamente perplexo.

— Claro que é sério. Você é insuportável, Owen. Nem fode nem sai de cima. Não temos mais nenhum contrato falso nos segurando e você continua me tratando como se estar comigo fosse uma obrigação. Bom, fique sabendo que não é.

— Eu te trato como se ficar com você fosse obrigação? Chega, Layla, é melhor eu ir embora mesmo, antes que a gente diga coisas que estraguem o respeito que eu tenho por você.

Levantei, preparando-me para sair.

— Viu só? Respeito. Você não quer estragar o respeito que tem por mim. Até você sabe que entre nós só existe isso agora. Respeito, carinho. O amor saiu pela porta afora. Já faz tempo que não visita a gente.

— Isso é brincadeira, né? É claro que ainda é amor, Layla. Acha que eu teria aguentado tudo esses anos todos se não te amasse?

— Você aguentou todos esses anos porque tinha um contrato. Não queria perder a sua banda, a sua música. Aguentou tudo porque sabia que era importante obedecer ao que te mandavam fazer. E você cuidou de mim, me amou. Mas eu não sou a pessoa mais importante da sua vida. Não sou nem a coisa mais importante da sua vida.

— Como você pode dizer isso, porra? Você sabe que…

— Não, Owen, eu não sei. Eu não sei por que você ainda está comigo, se já saiu da gravadora. Não sei por que você ainda está comigo, se não sou a primeira pessoa para quem liga quando algo bom acontece na sua vida. Se você passa dias sem falar comigo, vivendo sua vida normalmente. Se o que acontece no meu dia não muda em nada a sua rotina. Se é a Erin que marca os nossos encontros. Se não é comigo que você quer dividir a sua vida, eu não sei por que ainda fingimos estar em um relacionamento.

O baque.

Ele veio.

Finalmente, depois de tanto tempo, depois de tantas brigas, eu finalmente entendi.

SETE CHAMADAS

Não foi pelas palavras nem pelos argumentos de Layla. O problema que acontecia entre nós era que ela estava comigo *por obrigação*. Talvez lá no início não tivesse sido assim, mas agora claramente era. Dava para ver pela expressão corporal, a óbvia demonstração de cansaço em seu corpo. Não era um simples cansaço pela briga, era pela situação como um todo. Dava para ouvir no tom de voz.

Ficar comigo, em algum momento do caminho, deixou de ser um prazer para Layla e passou a ser um compromisso na agenda.

Só eu não tinha percebido ainda.

E nem estava dizendo que não era assim para mim também. Era muito provável que, pelas atitudes que ela tão bem apontou que eu estava tomando, também tivesse se tornado uma obrigação para mim, mas... eu verdadeiramente achei que não era. Verdadeiramente achei que a amava, que a amaria para sempre e que estávamos apenas em uma fase difícil. Tivemos outras fases difíceis e superamos todas elas. Mas essa, aparentemente, não.

A passos lentos, caminhei até Layla. Tirei a faca de sua mão, virei-a para mim e abracei-a. Era um abraço de adeus, de desculpas e de força. Dos dois lados, pois ela também devolveu o gesto. Depois de um tempo, segurei seu rosto entre as mãos. As dela permaneceram na minha cintura.

— Sinto muito. Eu te amo, sempre vou te amar, mas acho que não do jeito que você merece. — Puxei-a de novo para um abraço e beijei a sua testa. — Só quero que você seja feliz, Lay.

— Você também merece outra pessoa, Owen. Alguém que encha o seu coração inteiro, porque ele foi grande demais para mim.

Nós nos beijamos de novo, uma última vez. Não em uma tentativa de reaver um sentimento antigo, mas para encerrar o que vivemos. Depois, fechei a porta da casa e o capítulo Layla na minha história.

Agora era hora de redescobrir quem era Owen Hill.

Segundo

Hoje eu só quero viajar pra onde quiser me levar minha vida. Sozinho pra qualquer lugar, que a positividade seja bem-vinda.
Só quero viajar - Melim & Cynthia Luz

9 de agosto de 2019.

    Passava tanto tempo em aeroportos, que a sensação era que já sabia mais deste ambiente do que da minha própria casa. Parei ao ver o número do portão, passando o olho por todos os lugares até enxergar meu alvo.

    Finnick.

    Meu amigo estava perto de uma pilastra, tentando se esconder. Mexia no celular, provavelmente mandando mensagens para a namorada, ouvindo música. O auge da distração. Fui discretamente, fiz barulho apenas ao me jogar no assento ao seu lado. Meu ombro esbarrou no dele, que pulou no banco pelo susto.

    Depois de uma série de palavrões, Finn tirou o fone de ouvido e guardou o celular no bolso.

    — Não acreditei que você viria de verdade.

    — Por que não? — Coloquei os pés em cima da mala, uma preguiça sem tamanho me tomando.

    — Você me ligou ontem, perguntou se podia vir para o Brasil comigo. De uma hora para a outra.

    Dei de ombros. Só se vive uma vez, né?

    — Comprei a passagem na hora em que você concordou. Já estava com o site de viagens aberto, para decidir aonde ir.

    — Falei com a Paula, ela disse que você pode ficar no quarto de hóspedes, se quiser.

    — Não, valeu. Já reservei um hotel. — Puxei um pacote de salgadinhos da mochila. — Não quero atrapalhar a bolha de amor que vocês vão viver com a minha vida vadia. — Depois de abrir o pacote, ofereci a ele um pouco.

— O que você vai fazer no Brasil, afinal?

— Vadiar. — Dei de ombros de novo. — Beijar na boca. Beber até desmaiar. Transar. Aproveitar a folga na Cidade Maravilhosa. — Enchi a boca de salgadinho. — Todas as amigas da Paula estão comprometidas? Ela não tem ninguém para me apresentar, não? Pode ser um amigo também.

— Todas as Lolas estão comprometidas e os namorados são maiores que você. Talvez o único que você consiga enfrentar é o Igor, ele tem o seu mesmo tipo físico.

— Igor Satti? — perguntei e Finn acenou. — Você está louco! Já viu o tamanho do braço dele? Vou levar um belo de um soco e tenho um rosto muito bonito para ser maculado.

— Não sou de reparar no braço de outros caras — meu amigo comentou.

— É, mas quem começou a falar de tipo físico foi você. — Dei uma cotovelada nele. — Enfim, não sobrou um solteiro para me apresentarem?

— Acho que Alex tem alguns amigos, mas a maioria é hétero.

Suspirei, pensando em tamanho desperdício.

— Só quero alguém para ir comigo nos lugares, para achar uma festa em plena terça-feira. De resto, eu me viro.

— A gente dá um jeito. Mas tem que ser logo que chegarmos, porque já tenho planos com a Paula, principalmente agora no Dia dos Pais.

— O Dia dos Pais não foi em junho? — questionei, pensando no jantar em família que fui há algumas semanas.

— No Brasil, o feriado é agora em agosto.

— A pequenininha já está te chamando de papai?

Finn suspirou, passando a mão no rosto.

— Não. E nem vai. Sou sempre apresentado como Finn mesmo. Ela aprendeu a falar meu nome.

— Relaxa, cara. — Peguei mais salgadinhos e completei minha fala de boca cheia. — Quando crescer, ela vai entender que você é o papai dela.

— Espero que sim, pois ela é a única que eu terei. — Coçou o rosto, parecendo ligeiramente cansado.

— Ei, Paula engravidou sem tentar da outra vez. Confio nos seus espermatozoides, mano. No futuro, vocês conseguirão engravidar de novo.

— Sei lá. — Ficou de pé. — Estou feliz com a nossa família do jeito que ela está. Vou mijar. Dá uma olhada nas minhas coisas?

Depois que confirmei, ele se afastou. Dois minutos depois, anunciaram o início do embarque. Fiquei sentado, esperando. Havia gente demais para entrar no avião e eu não tinha pressa nenhuma para ficar na fila. Quando Finnick chegasse, nós iríamos. Nossos lugares não sairiam andando de lá.

Peguei o celular e abri o Instagram. Comecei a rolar o feed e, sem nem me dar conta, parei no perfil da Layla. O último post era o que anunciamos o término do relacionamento, há quatro dias. Ela recebeu tanto ódio na postagem, que se afastou das redes sociais. Não estávamos nos falando com tanta frequência, então virou rotina abrir seu perfil para ver se ela já havia retornado. Talvez fosse mesmo melhor ela se manter longe. O povo da internet às vezes conseguia acabar com você com meia dúzia de palavras.

Abri meus stories e tirei uma foto do meu pé sobre a mala, com uma bandeirinha do Brasil. Segundos depois de o post estar no ar, inúmeras mensagens surgiram no meu direct, boa parte de fãs brasileiros. Alguns perfis verificados também.

Talvez não seja tão difícil assim conseguir um guia no Brasil.

Quando Finn voltou, foi a minha vez de tomar um susto com o tapa que ele deu em meu braço.

— Anda, maluco. Começou a entrar o pessoal no avião.

— Quem demorou seis anos para mijar foi você.

A fila estava dividida em várias partes e descobrimos, ao chegar lá, que aquela onde deveríamos estar já tinha terminado. Esperamos um pouco, mas logo nos liberaram para passar. Estávamos na primeira classe e não conseguimos reservar assentos um ao lado do outro, mas combinamos de tentar conversar com os passageiros para alterar. Primeiro, encontramos o lugar dele. O homem que estava sentado ali parecia tão mal-humorado, que não me atreveria a falar nada. Enquanto ajudava meu amigo a guardar sua mala no bagageiro, sussurrei:

— Vou tentar lá no meu.

Quando encontrei letra e número, vi que ao meu lado havia um anjo. Um anjo adormecido. Olhei para Finn e fiz que não com a cabeça. Depois coloquei as mãos unidas ao lado do rosto e inclinei a cabeça de leve, fazendo o gesto de que havia alguém dormindo. Ele acenou e sentou. Coloquei minha mala para cima e reparei que o anjo ainda estava sentado no meu lugar.

SETE CHAMADAS

Mas tudo bem. Bonito desse jeito, ele podia sentar onde quisesse. No meu colo, inclusive.

Demorou um pouco até todo o pessoal embarcar no avião. Apoiei a cabeça contra o banco, entediado antes mesmo de decolar. Desviei o olhar para o cara ao meu lado, tentando ver se ele estava com o cinto de segurança, e percebi que sim. Eu o despertaria se o caso não fosse esse. Assim que o avião acelerou, seus olhos se abriram e sua mão agarrou o braço do assento.

— Puta que pariu — disse em outro idioma, que deveria ser português. Eu não entendi nada, mas soava como um palavrão.

Quando já estávamos no ar, ouvi sua risada — que era uma graça — e virei meu rosto.

Sim, o anjo tinha um sorriso lindo.

— Foi mal, cara! Não queria te acordar, mas não sabia que você tomaria esse susto tão grande — comentei, tentando puxar assunto.

— Achei que não acordaria também. — Deu um risinho sem graça. — Tudo bem, eu tenho sono o suficiente. — Virou-se para mim e esticou a mão. — Meu nome é Júlio. O seu?

Apertei a mão dele, tentando repetir seu nome sem o sotaque. Era difícil pronunciar esse "l", mas eu me esforçaria.

— Owen.

Ele franziu a testa para mim, provavelmente tentando me reconhecer.

— Hill? Owen Hill? — Quando concordei, o largo sorriso se abriu novamente. — O tanto que já ouvi suas músicas para curtir uma fossa…

Conversamos. Provavelmente por horas. Até esqueci a necessidade de trocar de lugar com Finn. O anjo tinha um rosto amigável, apesar de parecer nervoso com alguma coisa. Dava para ver no seu olhar que algo o incomodava, mas nossa conversa parecia trazer alguma tranquilidade. Talvez fosse medo de voar ou algo do tipo, não sei. Fiquei estudando seus traços, o cabelo ondulado baixinho dos lados e maior em cima, uma barba rala e um bigodinho, a pele clara e pálida de quem vivia sob os dias soturnos de Londres.

Descobri que ele morava lá, mas não era de lá. Confirmando algumas das minhas suspeitas, ele era brasileiro. Até pousarmos, pretendia descobrir o que ia fazer no Brasil e pegar seu telefone também. Meu *gaydar* estava apitando loucamente e, se eu pudesse, a sua boca seria a primeira que beijaria no meu pós-relacionamento com Layla.

Eu estava precisando.

Terceiro

Let's go crazy crazy crazy till we see the sun. I know we only met but let's pretend it's love.
Vamos ficar loucos até vermos o sol. Sei que acabamos de nos conhecer, mas vamos fingir que é amor.
Live while we're young - One Direction

9 de agosto de 2019.

Longas, longas horas depois, chegamos. Após umas quatro horas de voo, Júlio se levantou para ir ao banheiro. Quando voltou, reparou que estava sentado no lugar errado.

— Poxa, desculpa. Quer trocar de lugar?

Era uma excelente hora para eu dizer que sim, que na verdade queria trocar com Finn para viajar junto do meu amigo, mas seria mentira. Eu poderia falar com Finnick pelo resto da vida. A meta aqui era outra.

Então eu neguei e nós dois permanecemos onde estávamos. Falamos sobre filmes, sobre a vida, sobre tudo. Ele me contou que aconteceu um problema na empresa dos pais e que precisava assumir o controle de tudo por um tempo. Eu falei que terminei um namoro recentemente e que queria aproveitar alguns dias de festa para me divertir.

— E teve que pegar um voo de onze horas com destino ao Rio de Janeiro para isso? — Foi o que me perguntou de imediato.

A verdade era que eu não tinha que viajar para me divertir, mas a ideia de ficar em Londres, onde todos os meus amigos, meu trabalho e Layla estavam, era um pouco opressiva. De alguma forma, eu queria ir para longe de tudo, a um lugar livre de julgamentos, arrependimentos e tentações. Finn se preocupou em não ter tempo para mim, mas eu estava grato por isso. Queria decidir em cima da hora o que fazer, para onde ir, foder quem eu quisesse e depois voltar para meu quarto de hotel sem dar satisfações.

Vivi preso por tantos anos — não só a um namoro, mas à gravadora, à fama —, que a hora da liberdade chegou e eu queria aproveitar.

O avião pousou e nós dois começamos a nos mover para retirar as malas e descer. Bom, aquela era minha hora de brilhar.

— Olha, eu vou ficar aqui por dez dias. Sei que você está cheio de coisas para resolver da sua família, mas anota meu número caso queira sair para tomar alguma coisa.

— Claro. — Puxou o celular do bolso. — Eu devo trocar de número por um daqui, mas vamos conversando. E anota o meu também.

Sem perder tempo, disse meu telefone e anotei o seu. Poderia estar meio enferrujado para o flerte, mas ainda era ligeiro. Nós nos separamos ao descer do avião. Eles nos colocaram em um daqueles ônibus de aeroporto, já que paramos bem longe da pista. Finn parou na minha frente e tirou algo da mochila. *Algos*, já que logo percebi um óculos escuro e um boné, que ele enfiou na minha cabeça e na minha cara nada gentilmente.

— Amigo, você sabe que esses disfarces são meio bosta.

Dando de ombros, ofereceu uma explicação:

— Faça uma cara de mau e ninguém vai querer te parar.

Mas não tivemos nenhum problema, para falar a verdade. Todo o processo de alfândega foi rápido e chegamos com relativa facilidade às esteiras para pegar as malas. Eu não trouxe nada; ele, sim. Quando paramos, vi Júlio se afastando. Finn seguiu meu olhar.

— Como foi o voo? O dorminhoco roncava?

— Ele nem dormiu tanto. — Dei de ombros. — Quando decolamos, acordou e ficamos conversando.

Finn me encarou por alguns minutos, estudando meu rosto. Em seguida, voltou o olhar para a esteira e se afastou para buscar a bagagem. Só quando retornou foi que disse algo.

— Não pegou o cara no banheiro do avião, não, né?

Uma risada encheu meu peito enquanto caminhávamos para fora.

— Impossível que nós dois coubéssemos lá dentro. Não, não peguei, mas estou com o telefone dele e pretendo pegar até o final da viagem.

Do lado de fora, foi fácil avistar Bruno, namorado de uma das amigas da namorada do Finn. Não sei qual delas e também se era realmente namorado.

— Ei, cara, bom te ver. — Bruno e Finn se cumprimentaram. O brasileiro estendeu o aperto de mão para mim e continuou: — Foi tudo bem no voo de vocês?

— Deu tudo certo — meu amigo garantiu. — Paula disse que você não poderia vir...

Bruno pegou uma das malas de Finnick e acenou com a cabeça para o seguirmos.

— A equipe está focada na segurança delas hoje, para esse show enorme que elas vão fazer. Preferi vir eu mesmo em vez de deslocar alguém.

— Valeu assim mesmo.

— Owen, você vai ficar na casa da Paula também?

— Não, vou para um hotel. — Puxei o celular do bolso e disse o nome a ele.

— Ah, tudo bem. Deixo você no caminho, pode ser?

— Agradeço.

— Finn, você vai preferir passar em casa primeiro, né?

A conversa seguiu sobre amenidades e preparativos. Acabei descobrindo que Bruno era o namorado da Ester e me lembrei da imagem dos dois juntos. Um belo de um casal em que eu pegaria os dois, juntos ou separados, se o relacionamento não fosse monogâmico.

As ruas do Rio de Janeiro estavam levemente engarrafadas, mas o anfitrião explicou que era pelo horário. Conversamos por todo o caminho até o hotel. Chegando lá, as despedidas foram breves.

— O meu número é esse. — Bruno me entregou um cartão. — Se você tiver qualquer problema ou precisar de um segurança, é só ligar. Qualquer horário. Não vai dar bobeira, cara.

— Alex disse que Lucas, que joga no time dele, vai te ligar hoje para te levar a alguma festa. Como Bruno disse, qualquer coisa me liga.

— Valeu, amigo.

Apertamos as mãos rapidamente e desci do carro. Bruno estava tirando minha mala. Acenei para os dois e entrei no hotel. Assim que consegui fazer check-in, recebi uma mensagem de alguém que se apresentava como Lucas, amigo de Alex. Disse que um DJ conhecido dele tocaria em algum lugar hoje e perguntou se eu queria ir.

Após o meu sim imediato, as portas do elevador se fecharam e subi para o quarto. No meu andar, uma mensagem de Lucas sugeria que eu dissesse o nome de onde estava hospedado, que ele me buscaria mais tarde. Fiquei nu assim que entrei na suíte e tomei um banho lento. Usei aquele tempo também para me masturbar e me barbear. Saí do banheiro com uma toalha na cintura, apesar de não precisar por estar sozinho. Pedi comida e uma cerveja, que o serviço de quarto entregou em tempo recorde. Sentei na varanda, bebendo e esperando a hora de curtir a noite.

Owen Hill, da Our Age, é visto em boate na Barra da Tijuca
O cantor estava acompanhado de amigos em um camarote

Parece que a fila realmente andou. O fim chegou para o relacionamento entre Layla Williams e Owen Hill, da nossa *boyband* britânica favorita, após o post de separação no Instagram e diversos rumores na imprensa mundial. E agora mais um fator adicionou-se à mistura: o cantor foi visto em um show na Barra da Tijuca, Rio de Janeiro, neste sábado (3).

Testemunhas que estavam no mesmo camarote disseram que viram o jovem chegar acompanhado de Luquinhas, jogador do Bastião. Aparentemente, eles ficaram por lá até cerca das 3:45, quando o inglês foi visto saindo com a loira da foto. Ainda não temos confirmação do seu nome, mas ela é apontada como a influencer digital Sandrinha Andrade.

O namoro do cantor com Layla Williams vinha se desgastando há meses, com acusações de traição por parte da imprensa britânica e fãs, além de outras situações, como o fã que tentou por duas vezes matar a jovem (leia a matéria na íntegra em nosso site). No último dia 5 de agosto, os dois postaram uma foto na internet, anunciando o término do relacionamento.

Será que o cantor irá seguir o exemplo do amigo Finn Mitchell e procurar um novo amor em uma brasileira? Estamos todas disponíveis para o gato aqui na redação!

10 de agosto de 2019.

    Quando acordei na manhã seguinte, o arrependimento bateu. Não porque eu trouxe a garota para o meu hotel e não a mandei embora, mas pelo tanto de diferentes tipos de bebida que eu tinha misturado. Liguei para a recepção e questionei se tinham alguma farmácia onde eu poderia pedir um remédio. Felizmente, prometeram fazer o pedido e trazer aqui quando chegasse. Aproveitei a situação para tomar um banho e vestir uma samba-canção, pois estava totalmente nu.

    A garota ainda estava adormecida quando saí do chuveiro e ouvi as batidas na porta. O funcionário se afastou e eu entrei, engolindo o comprimido sem esperar.

    Vesti uma roupa de academia e escrevi um bilhete.

> *Noite passada foi ótima. Tive que sair. Deixe seu telefone que eu ligo depois.*

    Claro que não ligaria, mas não quis ser indelicado. Fui para a academia do hotel, em um esforço para queimar tudo que ingeri em cerveja na noite passada.

    Com o celular na mão, digitei uma mensagem para Júlio, perguntando um bom lugar para almoçar. Seu número estava salvo como "Jules Avião" e eu estava doido para usar o apelido com ele, apenas esperando a oportunidade. Queria que ele indicasse um lugar e me chamasse para comermos juntos. Quem sabe uma coisa não levava a outra, né?

Quarto

Mas meu coração é grande e cabem todos os meninos e as meninas que eu já amei.
Meninos e meninas - Jão.

12 de agosto de 2019.
Pelo amor de Deus, o que aconteceu na minha cabeça?
O quarto ainda estava escuro, felizmente. Mas alguma luz vazava pelas cortinas, o que indicava que o dia já tinha raiado. Eu queria olhar para o relógio do quarto e descobrir as horas ou me esticar para pegar o celular, porém minha cabeça simplesmente não permitia.
Não sabia como tinha chegado aqui e o que aconteceu em boa parte da noite. Ainda estava usando calça jeans, camisa e meia, mas pelo menos tirei o tênis. Eu devia ter chegado muito morto.
Após uns bons minutos de ajuste, consegui me arrastar na cama até estar sentado, com as costas apoiadas na cabeceira. Na mesinha ao lado havia uma cartela de remédios para dor de cabeça, que o hotel comprou para mim na primeira noite. Tomei um, esperando me sentir melhor em breve.
Encontrei o celular jogado no meio da cama, chocando-me de imediato com a hora. 13:32. Dando uma olhada nas mensagens, abri primeiro a de Jules, que me fez dar um sorriso. Ele estava me convidando para almoçar.
Minha resposta foi um breve pedido de desculpas, dizendo que só tinha acordado agora, mas oferecendo um jantar. A segunda-feira era um dia de descanso, quando as boates ficavam fechadas. Eu já tinha pensado em ficar no hotel, dormir um pouco e beber à noite, mas sair com Júlio seria definitivamente uma opção melhor.
Desde que cheguei ao Brasil, enviava mensagens a ele com vídeos, memes, fotos dos lugares onde estava. Puxei assunto em todas as oportunidades possíveis, para que continuasse se lembrando de mim. Ele respondeu

tudo, mas demorava bastante na maior parte das vezes. Tudo bem. Nem todo mundo era 100% viciado em redes sociais. Queria eu não ser.

Levantei da cama, criando uma vontade mínima. Fui até o chuveiro, esperava me sentir melhor ao sair. Havia uma resposta de Júlio quando terminei. Ele teria uma reunião no jantar, mas disse que poderia passar aqui no hotel para um drinque, se eu quisesse. E eu queria.

Vesti roupas de academia depois do banho. Além de beber e transar, essa era a única coisa que eu vinha fazendo aqui. Estava prestes a deixar o quarto e descer para o restaurante quando o telefone tocou. Era Finn.

— Já almoçou? — perguntou logo após o meu alô.

— Indo fazer isso agora.

— Venha pra cá, a Paula cozinhou. Vou te mandar o endereço por mensagem.

— Não quero atrapalhar...

— Anda, venha passar um tempo com a minha família.

Pude ouvir o sorriso na sua voz, o que abriu um no meu rosto.

— Ok, amigo. Deixa eu vestir uma calça jeans.

— A gente acabou de ter essa conversa com você nu?

Meu sorriso se alargou. Aí estava a oportunidade de importunar Finnick.

— Quer uma foto para ajudar a sua imagem mental?

— Porra, já tenho muitas imagens mentais suas não solicitadas. Anda logo, corno.

Um arrepio passou por mim com o quão próximo esse "corno" chegou, apesar de ter sido dito em tom de brincadeira.

— Estou indo. Mas aviso que aqueles que shippam #Owinnick ficariam muito felizes ao saber das imagens mentais que deixei em você.

— Sou um homem comprometido, minha mulher está bem aqui na minha frente. Comporte-se.

E desligou. Rindo, caminhei até a mala e tirei uma calça de lá. Resolvi trocar a camisa também, já que estava com a mesma que fui à academia ontem. Passei perfume, porque Paula e a bebezinha mereciam.

O trajeto entre o hotel e a casa era curto, então o motorista me deixou na porta rapidamente. Quem abriu foi Finn, todo sorridente.

— Owen, você realmente se vestiu para vir? — Inclinou-se, inspirando. — Passou perfume?

— Não poderia pegar Lola no colo com cheiro do álcool de ontem. Paula iria me castrar.

SETE CHAMADAS

23

— Até que não seria uma má ideia. Assim o gene idiota que há em você não passaria para frente. — O sorriso em seu rosto ia de orelha a orelha. Provocações entre nós sempre foram comuns e nunca levamos para o coração. Agora não seria a primeira vez. — Entra logo — pediu, puxando-me pelo ombro.

Percebi então que ele estava sem camisa e, olhando para os seus pés, descalço.

— Acho que me arrumei demais mesmo, já que você nem um chinelo colocou.

Ele deu de ombros, fechando a porta atrás de si.

— Resolvemos comer no jardim dos fundos. Paula está na piscina com a Lola. Eu estava prestes a me jogar lá dentro quando você chegou. Mas fique tranquilo, eu te empresto um short.

Continuamos a conversa até os fundos de sua casa. Lá, Paula acenou para mim da piscina, até que Finn pegou a bebê em seus braços e ela pode sair. A tarde passou rápida, enquanto eu observava a família à minha frente. Para mim, era uma loucura pensar que, dos meus quatro companheiros de banda, três estavam com relacionamentos sérios e um deles tinha mesmo uma família. Lola poderia ser filha de Paula pelo sangue e no papel, mas os dois decidiam e cuidavam da menina juntos. Ele passava todo seu tempo livre aqui, pegando voos cansativos se necessário fosse.

Paula também fazia viagens, mas principalmente quando ele não podia e os dois teriam que ficar muito tempo separados. Era fácil imaginar que Finn ir até elas seria mais tranquilo, já que ele não tinha um bebê para carregar a tiracolo.

Enfim, toda aquela tarde segurando Lola nos braços, vendo a proximidade do casal, conversando, etc. e tal, só me fez pensar na minha própria vida.

Eu tinha um relacionamento de anos, que se tornou insustentável, e me separei. Agora estava na minha era piriguete, beijando e transando com tudo que passava em meu caminho. Eu queria aquilo que Finn tinha? Queria a distância, já que, mesmo morando na Inglaterra, um possível relacionamento seria afetado pelas minhas constantes viagens? Queria o bebê, a estabilidade? A preocupação constante com outro ser humano além de mim mesmo? Talvez. A resposta para algumas das perguntas era sim, para outras era um grande e sonoro não.

E se eu queria algumas daquelas coisas, por que não fui capaz de buscá-las com Layla? Por que nosso relacionamento teve que ser daquele jeito?

Por que enfrentamos tantas dificuldades?
Por que o amor acabou?

No fim da tarde, despedi-me da família feliz e voltei para o hotel. No caminho, mandei algumas mensagens para Júlio, confirmando nosso encontro e enviando o nome do hotel onde eu estava. Pelo horário, tive tempo de malhar um pouco e jantar. Passei um bom tempo no banheiro, aparando todos os pelos extras do meu corpo, cuidando da pouca barba, arrumando o cabelo e me perfumando. A meta era ficar seis vezes mais gostoso do que o normal, para que ele não conseguisse ficar longe de mim. Se não hoje, em um próximo encontro nos dias em que estivesse aqui. De preferência hoje.

Recebi a mensagem dele, avisando que estava no saguão do hotel, não muito depois de ter ido para a varanda esperar. Desci pensando em como deveria cumprimentá-lo. Um aperto de mão? Um abraço? O quê? Ensaiei no espelho o que deveria dizer. "E aí?" ou "Oi!"? Elogiar o que ele estava vestindo?

Argh, encontros eram uma dor de cabeça. Havia muito tempo desde que saí em um. E as pessoas com que fiquei desde que terminei com Layla, bom, não houve muito tempo para abordagens. Eram flertes descarados que terminavam com nós dois nus.

E era isso que deveria acontecer com Júlio. Pelo amor de Deus, eu não estava esperando nenhum desdobramento nessa situação. Era coisa de uma noite só. Duas, se ele não quisesse transar hoje. Quando eu subisse em um voo para Londres, isso aqui acabaria.

O sino do elevador soou, lembrando-me de sair. Encontrei o cara sentado em uma das poltronas, falando ao celular e parecendo preocupado. O cabelo ondulado estava um pouco desgrenhado, mas o terno caía perfeitamente em seu corpo e, puta que pariu, eu queria beijar aquela boca o mais rápido possível.

— Preciso desligar — Júlio disse em inglês, olhando para mim. — Falo com você mais tarde. — Ficou em silêncio assim que me aproximei. — Não sei, porra. Se passar do horário, eu ligo de manhã. — E desligou sem outra palavra. Virando-se para mim, deu-me um sorriso cansado. — Oi. — Apoiou uma mão em meu bíceps e apertou. — Espero não ter te feito esperar tanto.

— Não, de jeito nenhum — garanti. — Está tudo bem? — Gesticulei para o seu telefone.

— Sim. Fornecedores dando dor de cabeça. — Suspirou. — Algum lugar em mente?

— O hotel tem um bar ali no segundo andar. Tudo bem se formos para lá? Ou quer ir para outro lugar?

— Aqui está ótimo.

Nós começamos a caminhar em direção ao elevador. Fiquei aliviado por simplesmente não ter tido que dizer nada, já que ele puxou a conversa. Ao pararmos nas portas, toquei o botão e elas se abriram de imediato, justamente aquele que me trouxe até aqui.

O som no bar não estava tão alto, era mais por conta do falatório das poucas pessoas ali. Encontramos uma cabine perto da janela, e uma garçonete veio até nós.

— Oi, rapazes, querem pedir alguma coisa?

Júlio respondeu e fez os pedidos, após questionar o que eu queria. Duas cervejas para nós. Ele foi uma graça ao me ensinar como dizer cerveja em português, argumentando que eu provavelmente precisaria daquela palavra.

Eu concordava totalmente.

— Diga o que tem feito desde que chegou — pediu, apoiando-se no estofado macio.

O correto seria dizer que comi, dormi, bebi, malhei e comi pessoas, mas não era uma boa ideia se eu queria entrar nas calças dele.

— Saí no fim de semana com esse cara, um jogador de futebol que é amigo do Finn. Você sabe quem é o Finn?

— Conheço todos da sua banda. E o conheceria também por ser namorado da minha favorita das Lolas.

— Você gosta das duas bandas, então?

Ele sorriu de leve e vi certo cansaço também em seus olhos. Esse era um homem que não estava aproveitando a vida.

— As Lolas são o orgulho da nação ultimamente. Mesmo morando fora, não tenho como não gostar. Então você está saindo com esse jogador de futebol. Ele é gato?

— Bastante, mas é hétero. Ele só me levou aos lugares mesmo, não aconteceu nada além. — Não com ele, pelo menos. — Fora as festas, nada de mais. Fui visitar a família do Finn hoje para o almoço, mas só isso. E você?

— Trabalhando. Tenho tanta coisa para fazer na empresa da família e simplesmente não consigo resolver tudo. Minha falta de experiência na área, como esperado, mais atrapalha que ajuda. Enfim, não quero falar de trabalho. Hoje à noite eu preciso esquecer o que está acontecendo na minha vida.

A garçonete voltou com as duas cervejas e uma bandeja de petiscos.

— Nós pedimos isso? — perguntei a ele ao ver a mulher se afastar.

— Eu pedi. Sei que já jantamos, mas é para beliscarmos. E é bom para você conhecer algumas comidinhas de bar aqui do Brasil.

Ele me apresentou os diferentes tipos: bolinho de carne seca e bacalhau, polenta e mandioca frita, dadinho de tapioca, pastel de carne, frango a passarinho... Várias coisas que eu provei ao longo da noite.

Nossa conversa vagou por infinitos assuntos e nosso nível alcoólico foi aumentando. Não consegui contar, pois a garçonete foi levando as garrafas de cerveja embora. Quando percebi que estávamos passando da conta, tive pena do meu fígado e pedi um refrigerante para cada. O assunto começou com os tipos de comida, passou por esportes, e estávamos há uns quarenta minutos discutindo o impacto cultural do *Lemonade*, da Beyoncé.

— Eu acho que aquele vídeo é uma paródia das pessoas descobrindo que a Beyoncé é negra — começou Jules. Sua gravata estava frouxa e eu me vi doido para trazê-lo na minha direção com ela e desamarrá-la de vez enquanto beijava sua boca.

— Sim, é um vídeo do Saturday Night Live — completei. — Eles acertaram em cheio na crítica.

— Toda essa história da Beyoncé é do tipo que eu vou contar aos meus filhos quando for pai. — Ele jogou o guardanapo, que tinha dobrado algumas vezes, na mesa. — O filme dela na Netflix, aquele "Homecoming", também me marcou muito. Já assistiu?

— Ainda não. Sei que deveria, pois já saiu há vários meses, mas as coisas estão tão corridas na banda que não consegui parar para ver.

SETE CHAMADAS

27

No meio da minha frase, Júlio bocejou. Ele já aparentava estar cansado, mas era a terceira vez em dez minutos. Eu não o seguraria mais ali.

— Ei, vamos encerrar a noite. Acho que você precisa descansar.

Ele negou com a cabeça, parecendo triste.

— Queria, mas não consigo. Desculpe pelo bocejo. Estou cansado, porém quando deito na cama simplesmente meu cérebro não desliga.

Sei bem do que ele precisava: uma foda quente que o deixasse de pernas bambas, exausto, e só o permitisse despertar na manhã seguinte.

Eu era o primeiro voluntário.

— Você precisa transar — decidi sugerir. — Esgotar esse corpo até não conseguir mais andar, e só acordar no dia seguinte.

Deixei de lado a parte em que me oferecia como tributo.

— Eu concordo. — Mas aparentemente ele não deixou passar, pois o olhar que me deu... parecia que estava queimando minhas roupas bem ali. — Já faz muito tempo que estou na Inglaterra, todos os meus amigos gays estão indisponíveis no momento. Simplesmente não tenho tempo para procurar um caso aleatório em um bar.

Esquecendo todo o decoro, parti para cima. Só se vive uma vez, porra.

— Se quiser, tem um caso aleatório sentado bem na sua frente neste bar.

Sem me responder, ele apenas ergueu o braço para a garçonete e pediu a conta. Enquanto esperamos, deslizei o pé por entre suas pernas, acariciando-as.

— Eu gosto de você, Owen. Nós nos divertimos bastante todos esses dias. Espero que não seja estranho por eu gostar da sua banda.

— Também gosto de você, Jules. — Levei a mão até a sua, passando a ponta do dedo pelo comprimento de seu braço. — Se fosse estranho, eu não teria oferecido.

A garçonete veio e eu paguei a conta, sem dar tempo para que ele pensasse em dividir. Poderíamos fazer essas coisas depois, agora eu só queria empurrar esse homem contra uma parede.

— Você me chamou de Jules? — perguntou assim que nos levantamos para sair.

— Espero que não se importe. Júlio envolve muito esforço da minha língua.

— Tudo bem. — Ele chamou o elevador. — Guarde sua língua para se esforçar com outras coisas.

Sorrindo, ouvi um clique e as portas se abriram.

— Pretendo fazer exatamente isso.

Assim que entramos, Júlio me empurrou contra a parede e deixou o rosto pairar sobre o meu. Exultante, fiz aquilo que desejei a noite toda. Puxei-o pela gravata e beijei-o sem dó. Nós nos separamos apenas quando o elevador chegou ao meu andar e segurei sua mão, arrastando-o até o quarto. Do lado de dentro, foi a minha vez de colocá-lo contra a porta. Desfiz o nó da sua gravata e a retirei com a mão direita, enganchando a esquerda em seu pescoço dessa vez. Não tínhamos nem começado e nossas respirações estavam irregulares. Antes de nossos lábios se tocarem de novo, ele sussurrou:

— Eu preciso esquecer, Owen. — E a súplica contida em sua voz se espalhou por todo o rosto, pelos olhos. Algo estava acontecendo com ele e eu me deixaria ser usado sem questionar.

— Você não vai se lembrar nem do seu nome.

Na manhã seguinte, a sensação em meu peito era de plena satisfação. Minha ereção matinal estava pronta para outra e estendi a mão para o lado, querendo uma última rodada antes que Jules tivesse que ir embora.

Mas era tarde, porque o homem conseguiu ser mais ligeiro que eu. Sozinho na cama, ganhei apenas um bilhete no travesseiro.

> Tive que resolver um problema no trabalho. Obrigado por ontem. O papo e o sexo. Você é incrível de muitas maneiras. Se cuida.

Quinto

Can you spend a little time? Time is slipping away, away from us so stay. Stay with me I can make, make you glad you came.
Você pode passar um tempinho aqui? O tempo está voando para longe de nós, então fique. Fique comigo que eu posso te fazer se sentir feliz por ter vindo.
Glad you came - The Wanted.

13 de agosto de 2019.

Enrolei a toalha na cintura e saí apressado do banheiro. Estava quase morrendo de fome e faltava pouco para o fim do horário do café da manhã. Se eu não fosse naquela hora, teria que esperar até o almoço ou sair para comer. Procurei por todo o quarto, mas não conseguia achar minha carteira. Abaixei-me perto da cama e vi um brilho ali debaixo. Coloquei o rosto lá, tentando decifrar o que seria. Era um celular, um celular que não era meu. A única pessoa que esteve neste quarto nas últimas 24 horas foi Júlio.

Consegui pegá-lo, mas minha toalha se soltou. Estava no silencioso e deveria ter caído ali quando arrancamos a calça dele e a jogamos no chão de qualquer jeito. Olhei o nome na tela enquanto prendia o tecido branco e felpudo ao redor do corpo novamente: Patrícia.

Se era alguma namorada, teríamos problemas.

— Alô!

— Oi! — a voz disse em inglês. — Bom dia. Meu nome é Patrícia, sou secretária do senhor Rodrigues. Estou ligando porque ele perdeu o celular.

— Ele deve ter deixado cair quando passou por aqui. Quem está falando é Owen, por sinal.

— Ah, sim, senhor Hill. Ele avisou que provavelmente estaria com o senhor, se déssemos sorte. Gostaria de saber se é possível mandarmos alguém recolher o aparelho. O senhor Rodrigues realmente precisa dele.

— Pode me dar o endereço que eu passo aí para entregar.

Ela ficou em silêncio por dois segundos. Eu esperava não ter problemas com isso. Estava tomando decisões impulsivas sem pensar direito no que elas implicavam, mas toda essa viagem vinha sendo uma grande decisão impulsiva em que eu não pensava direito no que ela implicaria.

— Não queremos dar trabalho, senhor Hill.

— Não será trabalho nenhum.

— Claro, então. Quando o senhor pode passar aqui?

— Estou na Barra da Tijuca. O escritório é perto?

— Sim, senhor.

— Então me dê o endereço que vou agora mesmo.

— O senhor prefere que envie por mensagem para o seu número ou tem onde anotar?

Eu não tinha, então deixei que Patrícia me mandasse. Ela enviou não apenas o endereço, como pontos de referência e um link para o Google Maps. Eu não pretendia dirigir, mas achei atencioso de sua parte.

Vesti algumas roupas e saí do quarto, levando o celular comigo. Ele estava no silencioso, mas durante todo o trajeto vibrou. Provavelmente eu não percebi as várias chamadas perdidas de pessoas diferentes por conta disso.

Levei doze minutos dentro do carro. Assim que falei com a recepcionista do prédio, que graças a Deus falava inglês, ela ligou para Patrícia, que liberou a minha entrada.

Uma mulher estava parada logo na saída do elevador. Ela era alta e usava calça social preta e uma blusa de cetim vermelha. Deveria ter cerca de quarenta anos.

— Você deve ser Owen — afirmou, sorrindo. — Nossa, obrigada. De verdade.

— Não foi nada. — Estiquei o celular em sua direção. — Júlio está ocupado? Posso dar um oi?

Não saí do hotel sem tomar café para não dar nem uma olhada naquele rostinho bonito.

— Ele está em uma reunião, mas deve terminar em uns cinco minutos. O senhor pode esperar? — questionou, e eu apenas assenti. — Tudo bem, venha comigo. Quer um café? Alguma coisa?

Fiquei encostado na mesa dela enquanto me servia um café, e roubei biscoitos de um pote em cima do móvel. Com o copinho em uma das

SETE CHAMADAS

31

mãos, enchi a outra de biscoitos.

Não tinha tomado café da manhã, afinal. Dentro do tempo estimado por Patrícia, a porta se abriu e um cara saiu, com Júlio logo atrás. Eu tinha acabado de enfiar um biscoito na boca, então permaneci calado para não jogar migalhas em tudo quanto era canto. Os dois apertaram as mãos e, enquanto o outro se afastava e Jules fechava a porta, ele me viu.

— Ei. — Havia um sorriso sem graça em seu rosto. — Patrícia, eu tenho um minuto? — questionou em inglês, sem tirar os olhos de mim.

— Meia hora até a próxima reunião, chefe, mas posso remarcar essa e te dar mais um tempo, se precisar.

Sorrindo, fiquei de pé.

— Remarque, por favor, Patrícia — respondi por ele. — Júlio vai me levar para tomar um café.

Com o mesmo sorrisinho, ele andou até a mesa dela e pegou seu celular.

— Pede para alguém trazer café e pão de queijo para nós, Patrícia — orientou. — Vamos ficar aqui na sala.

Ele entrou, fazendo sinal para que eu o seguisse. A porta se fechou e eu o puxei pela gravata de novo. Júlio se entregou rapidamente ao beijo e deslizou as mãos para dentro dos meus bolsos traseiros, aproximando nossos corpos e apalpando minha bunda.

Vai com calma, pelo amor de Deus. Não quero sair daqui com a barraca armada.

— Obrigado por trazer o celular — pediu, separando nossos lábios. — Alguém poderia ter ido buscar com você.

— Mas aí eu perderia a oportunidade de te beijar de novo. — Sorrimos e roubei outro beijo rápido. — Aparentemente, temos mais de meia hora. O que você quer fazer?

— Aproveitar que você veio e te beijar mais vezes, mas vamos esperar trazerem nosso lanche para não sermos interrompidos.

— O que é aquilo que você pediu para comermos?

Enquanto ele explicava, fomos nos sentar em um sofá que havia em sua sala. Logo uma funcionária apareceu e deixou a bandeja na mesa. Júlio a seguiu ao sair e avisou algo para ela, mas falou em português e não sei o que era.

Depois de trancar a porta, veio direto até mim. Comemos, conversando amenidades. Apesar de não parecer tão cansado quanto ontem, Júlio ainda parecia preocupado. E isso tirava alguns anos de seu rostinho bonito.

O tal do pão de queijo era bom. Mas não melhor que a boca de Jules! Então, logo que terminamos, eu me aproximei, coloquei as pernas entre as dele e tracei seu maxilar com o dedo.

— Vem cá, chega de conversar.

Puxei seu joelho e Jules entendeu o comando, abrindo as pernas e montando em meu colo. Empurrei seu paletó para o chão, desfiz a gravata. Ele me deixou sem camisa. O gosto de café em sua boca tornou o beijo ainda mais viciante.

As coisas foram ficando quentes demais e eu sabia que precisava diminuir o ritmo, ou a pobre Patrícia me ouviria foder seu chefe. Não deveria ser uma experiência muito agradável.

Separei o beijo, respirando fundo. Segurei a cintura de Jules, para que ele não se atrevesse a sair dali. Eu queria desacelerar, não parar.

Tirei um tempo para observar seu rosto. As linhas de preocupação eram evidentes, apesar da expressão um pouco mais aliviada. Passei o polegar por sua testa, em um esforço para desfazer sua aflição.

— Acho que não fiz um bom trabalho ontem, já que você já está todo preocupado de novo.

Um riso sem graça saiu e Júlio passou os braços por meu pescoço, deixando nossas testas se encostarem.

— Acho que essa foi a noite em que eu dormi melhor desde que soube que teria que vir para cá, Owen. Obrigado, de verdade, pelo que aconteceu ontem. Sinceramente, eu viveria em uma bolha de luxúria com você, se pudesse, mas este trabalho quer acabar comigo.

— Quer conversar? Talvez ajude, se você dividir com alguém. Sou bom com segredos.

— É só… — Suspirou. — Eu sou geólogo. Trabalho em um museu. Estou levando uma surra para aprender a comandar a empresa.

A mão esquerda foi até suas costas, afagando a base da sua coluna. Só queria tranquilizá-lo.

— Quem toma conta são seus pais?

— Sim, os dois juntos. A dupla imbatível.

— E por que eles não podem mais cuidar?

— Eu realmente não quero falar sobre isso. Não quero pensar nisso. Vou te dar uma resposta porca, mas é o que posso lidar no momento. — Seu silêncio falou mais que qualquer coisa. O assunto era sério. — Eles sofreram um acidente e precisaram se afastar do trabalho, estão no hospital. Sou filho único e o desejo deles é que eu cuide dos negócios. Então aqui estou.

A mão que ainda estava em sua cintura a apertou involuntariamente. A outra escorregou até sua bunda, fazendo movimentos circulares. Calça social filha da puta, que deixava aquela bundinha uma delícia.

— Estar aqui tem sido um pesadelo. Estou tendo que aprender tudo enquanto o barco está andando. Boa parte dos funcionários me odeia, porque não acham que eu deveria assumir a empresa. A única pessoa com quem eu posso contar aqui é Patrícia, minha secretária. Ela tem sido o braço-direito dos meus pais há anos. Ontem à noite, eu só queria ver alguém de fora, tomar uma cerveja e voltar para resolver meus problemas. O plano era esse. Mas aí a gente conversou e eu simplesmente não quis ir embora. E quando você ofereceu que a gente ficasse, eu me agarrei àquilo porque sabia que precisava extravasar um pouco.

— Eu entendo, Jules. — A mão que estava em sua cintura foi até seu rosto, tirou alguns fios que caíram sobre seus olhos e descansou em sua bochecha. — Conte comigo quando quiser extravasar. Bom, enquanto eu estiver aqui no Brasil, pelo menos.

— Bem que eu queria. — Suspirou, segurou em meus ombros e fez menção de se levantar. — Mas o dever chama.

Segurei-o com força pela cintura de novo. Jules travou o olhar no meu. O que surgiu no seu refletia tudo que eu tentava transmitir: o querer, o calor, a luxúria.

— Deixa chamar mais um pouco.

Deitei seu corpo no sofá, para que ele não tentasse fugir de novo, e parei sobre ele, sendo eu a montar em sua cintura dessa vez. Minha boca pairou sobre a sua e deixei a mão descer lentamente pelo seu peito.

— O que você está fazendo?

— Não quero assustar a única pessoa que te ajuda nesta empresa, então você vai ter que ser bem silencioso. — Minha mão chegou ao seu objetivo e Jules entendeu claramente o que eu planejava. — Me beija.

Sem hesitar, ele o fez. E eu distraí sua mente de todos os problemas mais uma vez.

Finalmente o sexo matinal que faltou quando ele fugiu da minha cama.

Sexto

Déjame que te bese lento. No quiero quedarme con las ganas. Aprovechemos el momento hasta mañana.
Deixa eu te beijar lentamente. Eu não quero ficar só na vontade. Vamos aproveitar o momento até amanhã.
Toa la noche - CNCO.

16 de agosto de 2019.
    Apertei o botão do elevador enquanto checava em meu bolso se tinha todo o necessário. Celular, carteira, camisinha. Sim, tudo aqui. Era uma sexta-feira e as minhas expectativas estavam na estratosfera.
    Ontem, Lucas me deu ingressos para um jogo do time dele no Maracanã. Foi bem bacana, o grupo era realmente bom e tinha grandes chances. Não era um Liverpool, mas também não era um Watford. Um Chelsea, talvez? Voltamos para a casa dele naquele dia, onde uma festa nos aguardava. Acordei pela manhã no meio da sua sala, uma garota estava enrolada em mim e com a bunda exposta. Simplesmente não conseguia me lembrar de como aquilo havia acontecido.
    Embora aquele fato devesse me preocupar, não era o que estava em minha mente. Eu queria muito negar e dizer que não estava afetado, mas o gelo que levava de Júlio era uma pedra no meu sapato, daquelas que se prende no meio de seus dedos e te tira do sério. Porra, tinha sido ruim assim?
    Quando cheguei à saída do hotel, a porta de trás do carro se abriu. Vi apenas os cachos de Lucas, mas já estava acostumado com a nossa carona de todos aqueles dias festejando. Era o motorista da família dele, que nos levava para as boates, assim ele poderia beber sem se preocupar em conduzir.
    — Ei, irmão. Tudo bem? — Ele estendeu a mão para apertar a minha.

— Sim, cara. — Nós nos cumprimentamos brevemente. — Foi tudo bem no treino hoje?

— Porra, estou exausto, mas acho que poderia ser pior. A noite passada foi boa, então compensou. — Deu de ombros. — Para você também, né? Eu te vi com a garota na sala.

— Eu não me lembro de nada, sério. Não fiquei muito tempo por lá tentando lembrar também. Aquele seu amigo… Pablo? Bom, ele prometeu que ajudaria a garota a ir para casa e eu peguei um Uber para ir embora.

— Ah, sim, Pablo geralmente fica por lá de manhã para expulsar os bêbados que caem pela casa durante as festas. Mas devo te dizer que não acho que você ficou com aquela garota. Eu te vi dormindo na sala sozinho, enquanto a festa ainda estava rolando, e a loira caiu lá depois. Talvez você tenha ficado com ela no meio da noite, vai saber.

— Acho difícil, cara. Eu estava apagado.

Eu me lembrava de ter começado a noite cobiçando o único cara gay da festa, mas, sinceramente, era incapaz de recordar se algo aconteceu entre nós.

O meu lado bissexual que gostava de mulheres ficava muito feliz por sair com Lucas, porque as moças vinham até nós com facilidade. O problema era apenas satisfazer o lado que gostava de homens, já que todos os amigos do cara eram heterossexuais, e as festas, frequentadas por essa galera. Apenas em uma das noites em que fomos para uma balada eu consegui pegar um cara. Bom, isso e quando fiquei com Júlio. Talvez fosse por isso que eu estava tão incomodado com a falta de notícias.

Quando saí do escritório dele e estava descendo o elevador, mandei a primeira mensagem, dizendo para ele me ligar se quisesse sair à noite. Durante o dia, liguei umas três vezes — caixa postal direto — e enviei outras mensagens, com memes e bobagens, mas Jules simplesmente não respondeu nenhuma. No fim da noite tentei de novo, a quarta chamada, mas tocou até cair na caixa postal. Minutos depois, ao falar comigo por mensagem, ele foi direto ao se desculpar pelo sumiço, dizendo que havia sido um longo dia. Nada mais.

Na quarta-feira, fiz a quinta chamada. Ele não atendeu, então mandei mensagem de novo, tentando incitar uma conversa, oferecendo-me caso ele precisasse "esquecer". Respondeu com um emoji de sorriso, dizendo que ligaria. Não ligou. À noite, entrei em contato de novo, com uma foto minha voltando da academia. Sexta chamada. Estava suado e fiz uma insinuação sexual. Ele não mordeu a isca, nem respondeu. Irritado por ser ignorado e por me importar demais com o fato, liguei para uma garota que conheci no café da manhã do hotel e que me deu o telefone. Bebemos e transamos a noite inteira.

Na quinta-feira pela manhã, digitei um bom-dia após a sétima chamada ignorada e disse que estava lá caso ele precisasse de um conselho ou uma companhia para visitar os pais. O silêncio que veio na sequência foi ensurdecedor. Após isso, desisti. Eu tinha brincado, provocado e falado sério. As mensagens foram visualizadas, mas não respondidas. Sete chamadas. Eu estava sendo inconveniente e não seria mais.

Então fui ao jogo com Lucas, à festa e só. Não mandei outras mensagens. Júlio não era meu namorado e eu já tinha coisas demais para superar do meu último relacionamento. Não me prenderia àquilo que foi apenas uma noite. Tudo bem, uma noite e uma manhã.

Quando estacionamos na porta da boate, uma fila já estava formada, mas felizmente o segurança logo nos viu e pediu que entrássemos. Pelo que percebi, Lucas era visitante frequente. Ficamos em um camarote com todo tipo de pessoas. Um cara começou a flertar comigo e não perdi tempo. Mas ele não ficou muito e, depois de alguns amassos bem quentes, acabou indo embora com dois amigos. Voltei para perto de Lucas, que tinha duas garotas no colo. Logo que me sentei, uma delas pulou para o meu. No restante da noite, aquela posição confortável me rendeu beijos no pescoço e afagos em diferentes partes do corpo. Quando coloquei a garota no carro para voltarmos ao meu hotel, percebi que tinha perdido ligações no celular e que havia uma mensagem. Era Júlio.

> Júlio: Ei, sei que está tarde, mas preciso de você. Me liga quando puder

Uma risada saiu de mim ao ler e decidi simplesmente ignorar, entrar no veículo e dizer o nome do hotel ao motorista.

Depois de todo esse tempo me ignorando ou dando respostas vagas, o cara me procurou no meio da noite, achando que eu estava sentado no hotel, chorando e esperando sua pica das galáxias? Ah, me poupe.

A fila de Owen Hill andou rápido e está difícil acompanhar
Desde que chegou ao Brasil, o cantor foi visto aproveitando a noite carioca por várias vezes

Mulheres cariocas, se preparem! Se o seu sonho de consumo na *boyband* Our Age (também conhecida como ex-Age 17) era o cantor Owen Hill, a oportunidade parece ser esta. Há alguns dias em solo brasileiro, o cantor foi visto em shows, jogos de futebol e festinhas particulares. Ao que parece, em cada um deles com uma garota diferente.

Apesar de Sandrinha Andrade ter sido apontada como uma affaire na semana passada, o caso parece não ter durado muito, já que os dois não foram vistos juntos novamente. Uma fonte confirma que, na noite passada, o gato estava em um camarote aos beijos com outro homem, mas saiu de lá com uma ex-BBB. Será que o boy tem um pezinho no vale e não sabíamos?

Enquanto não conseguimos confirmar como anda o coraçãozinho do nosso *crush* britânico, ficamos sonhando em esbarrar com ele neste fim de semana de curtição — e pedindo para que nunca mais vá embora do Brasil.

Sétimo

You talked to her when we were together. Loved you at your worst but that didn't matter. It took you two weeks to go off and date her. Guess you didn't cheat but you're still a traitor.
Você conversava com ela quando estávamos juntos. Amei você no seu pior momento, mas isso não importou. Demorou duas semanas para você começar a namorá-la. Talvez você não tenha me traído, mas ainda é um traidor.
Traitor - Olivia Rodrigo.

17 de agosto de 2019.

  Acordei na manhã seguinte me dando conta de que me esqueci de colocar o celular no silencioso. Não era o despertador daquela vez, mas sim o toque insistente de uma chamada. Levantei da cama e fui em busca dele. Estava sobre a mesa do quarto, junto aos meus outros pertences.
  Olhei o visor enquanto vestia uma cueca. Jules Avião piscava na tela. Essa era a sétima chamada dele desde ontem à noite. Respirei fundo e levei o aparelho para a varanda. Não queria que a mulher nua na minha cama ouvisse a conversa.
  — Oi — falei simplesmente.
  Ouvi alguém fungar antes de uma voz embargada surgir na linha.
  — Oi, Owen. Você recebeu minhas mensagens?
  Pensei em seu pedido na noite anterior para que eu ligasse de volta.
  — Desculpa, acabei de acordar.
  — Você… você pode vir aqui? Eu…
  A voz foi cortada no meio da frase. Naquele momento, senti uma mão macia em meu ombro. Olhei para trás e vi a garota da noite passada usando minha camisa. Ela se abaixou e mordeu meu ombro, trilhando beijos em seguida.

— Bom dia — sussurrou em meu ouvido.

— Eu... estou... um pouco ocupado agora de manhã — respondi, vendo a garota sentar no meu colo. — Pode ser depois?

Ela começou a se esfregar em mim e beijar meu pescoço. Infelizmente para Júlio, isso roubou toda a minha linha de pensamento.

— Tudo bem. É que você disse que eu podia te ligar se precisasse de ajuda, e, Owen, eu preciso muito de alguém agora. — Ele fungou de novo, mas nem registrei direito, já que a gostosa levou a mão a um ponto bem específico do meu corpo.

— Tudo bem, eu te ligo depois.

Encerrei a ligação e levantei com a garota no colo, voltando para o lado de dentro. Queria ser livre e transar na varanda, mas quando se é famoso há sempre alguém perto para fotografar esses momentos. Melhor ficar entre quatro paredes.

EXCLUSIVO: Fim do relacionamento de Owen Hill e Layla Williams pode ter sido por traição com um colega de banda
Imagens indicam que a ex-namorada de Owen tinha um relacionamento colorido com outro integrante

A chocante notícia do dia pode abalar o mundinho pop: imagens de paparazzi indicam que Owen Hill, da Our Age, sofria concorrência com um colega de banda pelo coração de Layla Williams. Aparentemente, a jovem mantinha um relacionamento com o cantor Mase Prather, e não era de agora.

Tudo começou após uma foto vazada há algumas semanas, de Layla beijando alguém em frente a uma lanchonete. A imagem circulou a internet, mas o rosto do homem estava encoberto e não foi possível reconhecê-lo. Novas evidências, porém, apontam para o outro integrante da banda como seu parceiro.

Na última sexta-feira, paparazzi

registraram o momento em que os dois saíram de uma lanchonete. O braço de Mase está por cima do ombro dela, mas em certo momento é possível vê-lo segurando seu rosto. O ângulo não confirma se houve um beijo, mas tudo indica que sim.

Fãs também resgataram fotos em que Mase usa a mesma camisa do homem da primeira foto com Layla. Especula-se que os dois mantenham um romance secreto pelas costas de Owen há anos e que ele só tenha tomado ciência recentemente. A viagem para o Brasil, onde o jovem parece estar aproveitando todo o tempo perdido (leia mais aqui), parece ser uma válvula de escape para a forte traição que sofreu de um de seus melhores amigos.

Fontes próximas da banda afirmam que Owen e Mase não conversam mais e que o futuro da banda deve ser decidido logo que o jovem e Finn, que está visitando a namorada Paula Freitas, da *girlband* brasileira Lolas, retornarem à Inglaterra. Espera-se que a reunião defina se ainda é possível que os dois continuem na banda, já que Mase se recusa a terminar o caso com a ex-namorada de Owen.

Aqui na redação, torcemos muito para que esta situação possa ser contornada, pois amamos a Our Age. E quanto à Layla... Que mocinha gulosa, hein?

Quando finalmente a mulher foi embora, vesti roupas de academia e fui me exercitar. Não que já não tivesse feito bastante esforço, com a maratona de sexo e tudo mais, porém era um esforço diferente. E eu precisava queimar todo o álcool que bebi, para mais uma noite de farra muito em breve. Estava saindo da academia quando meu celular tocou. Era Noah.

— Oi, amigo.

— Cara, está sozinho? E sentado?

— Sozinho, subindo as escadas para o quarto.

— Já olhou as redes sociais?

— Postei um story, mas não vi nada. Deu alguma merda?

— Sim, merda grande. Erin ia ligar, mas achei melhor fazer isso. Entra logo no seu quarto.

— Um minuto. — Apressei-me no último lance de escadas e pelo corredor até minha porta. — Anda, fala.

— Tá circulando uma foto da Layla com o Mase. E uma matéria fazendo uma conexão entre ela e aquela última imagem que saiu. Estão afirmando que os dois tinham um caso pelas suas costas.

— Puta que pariu.

Minha cabeça começou a girar, pensando na possibilidade. Em todos esses anos, tive a certeza de que eles eram *apenas amigos*. Mas havia aquela foto. Aquela foto que ela revelou com o olhar, mas sem palavras, que o garoto que beijava era Mase.

Eles se beijaram no passado.

Eles tinham uma história.

E eu tinha sido passado para trás.

— O que os dois falaram?

— Nada ainda. — Suspirou. — Erin está tentando falar com eles. Quis te avisar antes que soubesse pela mídia.

— Eu vou trocar meu voo, cara. Aviso assim que conseguir. Finn já sabe?

— Acho que não. Está na bolha do amor e nenhum de nós ligou para ele ainda.

— Ok, vou trocar meu voo e falar com ele.

— Owen, tem certeza de que quer vir? — questionou, parecendo inseguro. — Não quer esperar essa situação se acalmar?

— Não, amigo. Preciso olhar na cara dos dois para falar sobre isso. Se eu ficar aqui enquanto essa merda bate no ventilador, vou surtar. Deixa eu arrumar minhas coisas.

Desligamos e disquei de imediato para a companhia aérea. Enquanto era atendido, comecei a coletar tudo que era meu e estava espalhado.

Consegui um voo para dali a quatro horas. Só havia lugar na classe econômica e eu estava pagando uma fortuna, mas era minha melhor opção se quisesse chegar logo. A ligação que fiz na sequência foi para Bruno, tentando descobrir se conseguiria me levar ao aeroporto. Ele avisou que viria me buscar em trinta minutos. A terceira ligação foi para Finn, avisando o que estava acontecendo.

— É, eu acabei de falar com o Noah por mensagem. Ele disse que era provável que você ligasse. Estou no carro indo até o hotel, chego em oito minutos. Quer que eu volte para Londres também?

— Não, mano. Fique com a sua família. Não é assunto da Age, isso é entre nós três.

— Ok, mas não vá antes de eu chegar.

Eu não poderia sair para pegar um voo porque estava todo suado de academia, então aquilo funcionaria para mim. Tomei um banho e vesti uma roupa confortável, bem quando bateram à minha porta.

OITAVO

Quando a gente gosta é claro que a gente cuida. Fala que me ama, só que é da boca pra fora. Ou você me engana ou não está madura. Onde está você agora?
Sozinho - Caetano Veloso

17 de agosto de 2019.
Finn estava parado à minha porta, com Paula e a bebê ao lado.
— Nós estávamos todos juntos em um compromisso das Lolas — justificou.
— Entrem — convidei, dando espaço para os dois.
— Já está pronto para ir?
— Sim, estava prestes a descer para fechar a conta e tudo mais.
— Ok. Agora diga olhando no meu olho — pediu, segurando em meu ombro. — O que você está sentindo?
— Estou me sentindo traído, caralho. — Suspirei, esfregando o rosto. — Essa porra estava acontecendo debaixo do meu nariz esse tempo inteiro e eu não percebi. Sou muito otário.
— A gente não sabe...
— Mano, não vamos ser ingênuos. — Eu me afastei, fui até a cama e fechei o zíper da mala. — Se ela não queria ficar comigo *esses anos todos*, deveria ter me falado. Toda a situação do contrato falso da banda foi uma merda, mas comigo ela deveria ter sido honesta. Eu não merecia ser passado para trás enquanto estava apaixonado. Se para ela era só fachada, eu tinha o direito de saber.

Já estava totalmente sem paciência. Puxei o pouco cabelo que tinha, tentando aliviar a pressão na cabeça.
— Irmão, a gente realmente não sabe se é isso. Acho que vocês precisam muito conversar.

Paula estava sentada em uma poltrona do quarto, brincando com a bebê e fingindo não ouvir a conversa. Mas a verdade era que ela estava totalmente atenta, só tentou disfarçar.

— É por isso que estou voltando. — Abri os braços, evidenciando meu ponto. — E a conversa vai ser muito franca. Se isso estava acontecendo todos esses anos, acabou. Não vou pisar no mesmo palco que Mase, se ele fingiu ser meu amigo enquanto comia minha namorada.

— Amor, vai na frente e leva a mala do Owen. Fecha a conta do hotel e pega o carro — Paula falou. — Eu quero conversar com ele por um minuto.

— Ok, linda, não demorem. — Ele foi até ela, beijou a testa da bebê e os lábios da amada, então se afastou.

Quando a porta bateu, Paula se ergueu e veio até mim.

— Você se incomoda de segurar a Lola um pouquinho? — indagou, jogando a menina em meus braços.

Não sei bem o que era aquilo, mas a criança parecia ter algum tipo de poder, pois senti meu coração se acalmar instantaneamente. Ela esticou o bracinho para o meu rosto e passou os dedinhos pela minha bochecha.

Sentei-me na beirada da cama, completamente rendido. Se Paula fez aquilo para tentar me acalmar, conseguiu.

— Eu entendo que, neste momento, há um ódio queimando dentro de você, uma sensação horrível de ter sido traído. No ano passado, aconteceu o mesmo lá na banda. Raíssa acordou com a pá virada, disse que queria fazer carreira solo e começou a colocar a culpa dos problemas que a gente tinha em nós. Na Thainá, que tinha sido vítima de violência do namorado; na Ester, que estava sofrendo de Síndrome do Pânico; e em mim, que tinha acabado de anunciar a gravidez.

— Que pessoa horrível!

— Foi o que pensei. Eu a conhecia há anos, ela sempre esteve ao meu lado, eu a amava. Era uma das minhas melhores amigas! Por que estava fazendo aquilo comigo? Com a gente?

— Você se sentiu traída — afirmei.

— Totalmente. As situações são distintas, mas creio que você sinta algo bem semelhante no momento. Era sua namorada. É o seu colega de banda. Nós ficamos brigadas por meses e quase nos separamos em definitivo.

— O que mudou?

— Eu convidei todo mundo para o chá de bebê da Lola. Estava pronta

SETE CHAMADAS

45

para me desculpar e tentar fazer todo mundo se entender de novo. Pode ter começado como algo separado, que partiu da Raíssa, mas todas nos envolvemos e nos magoamos. Somos uma banda, um time.

— Acho que entendi aonde você quer chegar. A briga pode ser entre Mase, Layla e eu, mas vai afetar a Age como um todo.

Ela tinha um ponto. E muito bom.

— E a pior parte é que, quando conversamos, vimos que fomos um pouco injustas, pois Rai estava passando por uma situação extremamente delicada em casa. Bastou sentarmos, conversarmos e escolhermos o perdão para as coisas seguirem. — Ela deu um pequeno sorriso, então ficou de pé na minha frente e apoiou a mão em meu ombro. — Volte, deixe que os dois se expliquem, depois você escolhe qual é a melhor decisão a se tomar. Dê uma chance primeiro.

Em seguida, saímos do quarto. Lola voltou para o colo da mãe. O caminho até o aeroporto foi curto e conversamos pouco, sobre coisas que nada tinham a ver com o que estávamos passando.

— Volto no voo de amanhã, mas, se precisar de mim, liga que eu tento adiantar. Não tome nenhuma decisão precipitada. Eu te amo, irmão, vamos passar por isso juntos. — Finn me puxou para um abraço.

— Também te amo, cara.

Deixei o casal para trás e entrei no aeroporto. Fiz o check-in e estava me encaminhando para o portão quando recebi outra ligação de Noah.

"Ótimo, tomara que ele tenha notícias", pensei.

— Ei, cara, preciso te contar uma coisa — falou assim que atendi.

— Estou no aeroporto. Meu voo sai em cerca de duas horas. Pode falar que estou em um lugar meio vazio.

— Eu sei que você está chateado com toda essa situação, mas... — Inspirou, buscando as palavras. — Aconteceu uma coisa. O Mase... O irmão do Mase está com câncer.

Isso me fez parar bem onde estava. Só havia duas pessoas sobre quem Mason falava nesta vida: Layla, que era sua amiga de infância, e Fredderick, seu irmão gêmeo.

Ele perdeu a mãe quando criança, uma informação que recebi de Layla, e o pai... Bom, eu não sabia nada sobre ele. Se era vivo ou não, se eles se falavam... Mason simplesmente não tocava no assunto. Os irmãos não se viam muito, com toda a rotina da banda, mas eram próximos. Depois que saímos da antiga gravadora, eles foram morar juntos em Bristol. Mase sempre

46

Carol Dias

o citava. Tudo que fazia ou conseguia era por ele. A morte de Fred... O impacto seria grande.

— Como ele está?

— Mal. Muito mal. Tanto Mase quando Fred. Ele mandou uma mensagem simples para Erin, avisando que o irmão estava no hospital e que ficaria um tempo em Bristol, longe dos compromissos da banda. Ela não conseguiu falar com ele depois, mas, hm, Mase estava na casa de Layla. Ela estava preparando uma mala para irem juntos cuidar de toda a situação com o irmão.

— Puta que pariu — escapou.

— Hm, sim. Quando você chegar aqui, pode ser que não nos encontre em Londres. Erin perguntou sobre as fotos, mas Layla não quis dizer muito. Afirmou que os dois são apenas amigos, porém não tinha forças para falar sobre isso agora. Então Erin mudou de assunto e focou em ajudar Mase com o irmão.

— Isso pode ficar para depois, Noah. — Suspirei, toda a situação girando em minha cabeça e ganhando novos ângulos. — A prioridade é o Mase. Você pode ligar para o Finn? Ele só pretendia voltar na data prevista.

— Assim que desligarmos.

— Ok, eu vou encontrar meu portão. Aviso na hora de decolar. Qualquer coisa, me liga.

Ainda parado, coloquei os fones de ouvido e uma playlist. Andei até o portão meio desnorteado. Minha cabeça era uma confusão.

Sim, obviamente eu ainda estava confuso e magoado com a traição de Mason e Layla.

Sim, aquilo se tornou secundário quando pensei no que meu amigo estava sentindo.

Parte de mim nem mesmo se importava se ele e Layla estavam juntos por todos esses anos ou não.

Parte de mim ainda estava com raiva.

Eu não sabia o que fazer. Não tinha irmãos, mas sabia o que era perder entes queridos. A possibilidade de perder um irmão gêmeo, alguém com tanta ligação comigo, com quem eu tivesse dividido um útero... provavelmente me enlouqueceria.

No meio de tudo aquilo, o voo foi chamado e eu embarquei. Abri o WhatsApp para avisar que estava decolando. Segundos antes de ligar o modo avião, uma mensagem chegou. Era a cereja no topo do bolo:

Jules Avião perguntando se eu tinha um minuto.

Mesmo se eu respondesse que sim, a resposta dele demoraria a chegar, pois já estavam pedindo para guardarmos os aparelhos eletrônicos. Então eu ignorei.

Júlio não era uma preocupação para se ter agora. Eu tinha planejado pegar esse boy enquanto estivesse no Brasil, e agora não estava mais. Meus problemas eram outros daqui para frente. A era pegador teria que entrar em hiato.

Nono

Pois swatch não tem valor, tem preço. Valor quem tem é quem tá comigo desde o começo.
Velhos amigos - Emicida.

18 de agosto de 2019.
    As onze horas preso dentro do avião foram as mais torturantes possíveis, por muitos motivos. O pouco espaço para as minhas pernas na classe econômica, o velho roncando ao meu lado, a situação que me esperava ao pousar, a falta de notícias.
    E ainda tinha a mensagem de Júlio, que eu não respondi, mas agora estava repensando a decisão. Falei para ele que poderia contar comigo e passei a ser o babaca que não retorna o contato. No mínimo, eu deveria ter dito que estava com problemas e que precisava ir embora. Mas agora era tarde demais.
    E, para ser sincero, meu coração estava sobrecarregado por Mase e Layla no momento. Eu simplesmente não conseguia pensar em outras coisas, por mais que alguma parte de mim continuasse me lembrando dos olhos tristes de Júlio quando me falou sobre os pais, em seu escritório.
    Felizmente, quando cheguei ao aeroporto de Londres, recebi a mensagem de Erin avisando que Kenan estava me esperando e me levaria para Bristol. Havia outras, mas não perdi tempo. Avisei a ele que estava a caminho do desembarque e guardei o telefone.
    — Ei, cara — cumprimentou-me e deu dois tapinhas em minhas costas. Puxou a mala da minha mão e fez com a cabeça para que eu o seguisse.
    — Notícias de Fred e Mase? — perguntei, porque isso era o mais importante.
    — Erin não me falou nada, só pediu que eu viesse te encontrar. Parece

que todos já foram para Bristol, talvez você possa saber de algo se ligar para eles.

Pensei na possibilidade por alguns segundos, mas voltei atrás.

— Lá eu descubro. É melhor. Não vou poder fazer nada mesmo.

A viagem foi longa, principalmente por todo o cansaço que eu sentia. Depois de onze horas de voo, foram mais duas e meia de carro. Eu só queria dormir, mas meu cérebro não conseguia descansar. No Brasil, era meio da madrugada; na Inglaterra, os relógios marcavam nove horas da manhã quando cheguei a Bristol.

— Erin disse que reservou um hotel para todo mundo aqui, nós vamos para lá primeiro — explicou Kenan.

Concordei e logo ele parou. Ela nos aguardava do lado de fora.

— Ei, como foi a viagem? — perguntou, tocando meu braço de leve.

— Longa.

— Tudo bem. Você quer subir, tomar banho, descansar? Ou ir direto…

— Ir direto. Não vou conseguir descansar sem falar com Mase.

Ela assentiu.

— Entre no carro de novo, Kenan pode nos levar até lá.

Voltei para o meu lugar no banco da frente e Erin sentou no de trás.

— O endereço é aquele que você me passou? — questionou, mexendo no GPS do celular.

— Sim. — Ela suspirou. — Ok, vou te atualizar sobre o que já sabemos, tudo bem? — Guardou o celular e focou totalmente em mim, então virei o corpo para trás no banco. — O irmão do Mase está internado por causa de uma leucemia. Aparentemente, ele já teve câncer quando criança, fez diversos tratamentos e a doença tinha ido embora. O problema é que parece que voltou agora, em um lugar diferente. Ainda estou tentando entender a parte médica. Mase está muito abatido, porque pensou que eles já tinham superado tudo isso e que o irmão não corria mais nenhum risco. Sobre a situação com Layla, parece que eles tiveram uma história quando adolescentes, mas nenhum dos dois entrou em detalhes. Acho que é um assunto entre vocês e não quis me intrometer. — Ela tocou meu ombro, os olhos sérios. — Sei que você quer respostas e que está bravo com os dois, mas seja legal com Mase no momento. Noah me falou que Fred é a única família dele.

— A situação de nós três pode esperar, Erin. Só quero saber que Fred vai sair dessa para o meu amigo ficar bem.

Ela apertou de leve o meu ombro e me deu um sorrisinho. Depois disso, voltou a se recostar no banco e mexer no celular.

Chegamos à casa de Mase com facilidade. Pelo contrato da antiga gravadora, éramos obrigados a viver em Londres. Quando isso foi superado, ele escolheu viver aqui em Bristol e dirigir para a capital quando houvesse reuniões e outras situações. Se fosse o caso, ficava na casa de um de nós durante a noite, ou em um hotel. Sabíamos que a casa dele aqui era seu refúgio e não fomos convidados para cá muitas vezes.

O espaço era grande. Tinha dois andares, vários quartos, um jardim enorme, uma piscina nos fundos e garagem para até sete carros. Para alguém que morava apenas com o irmão e não gostava de receber visitas poderia ser estranho, mas Mason sempre foi o mais reservado de todos nós.

Quando chegamos, as vagas na garagem estavam quase todas ocupadas. Duas delas com os carros dele, mas os de Noah, Kalu e Dave estavam ali. Nada do de Layla.

Erin tinha uma chave do portão principal, por isso nós entramos direto. Na porta, Noah nos aguardava. Ele abraçou a namorada brevemente, mas também me puxou para si. Meus olhos encontraram os de Mase lá dentro, encarando os meus. Ele estava sério, mas o que mais me atingiu foi o seu esgotamento. Parecia estar no limite.

Quando Noah me soltou, caminhei direto para ele. Era possível sentir a tensão de todo mundo, até mesmo a do meu amigo, porém eu não pretendia agredi-lo de jeito nenhum. Esse não era eu.

Simplesmente o puxei para um abraço. Até queria odiá-lo pela traição, mas estar ao seu lado era mais importante para mim no momento.

Por mais que Mase não fosse de falar, eu sabia o quanto Fred era importante para ele.

— Owen, foi mal, cara...

— Ei, não. A gente pode conversar um momento? — Afastei-me dele para poder encará-lo. Queria que ele visse que eu não queria violência. — Nós dois?

Ele apenas acenou e deu um passo para trás. Subimos para o segundo andar da casa, para o seu quarto. Encostando a porta, ele tentou se explicar de novo.

— Owen, de verdade, sobre o que saiu da La...

— Amigo, é sério. Acredito que vim aqui para te dizer isso. De boa, depois de não sei quantas horas sozinho com meus pensamentos, pouco

SETE CHAMADAS

me importa se você e Layla estavam fodendo pelas minhas costas. Só quero saber se você está bem; se não estiver, quero que saiba que estou aqui por você. As explicações podem vir depois.

— Eu agradeço. — Vi seu pomo de Adão subir e descer. — Mas preciso tirar isso do peito logo, cara.

— Tudo bem. — Sentei em uma poltrona que havia no quarto, e Mase na ponta da cama. — Pode dizer.

— Eu sou apaixonado pela Layla. Desde… desde criança. Nós nos conhecemos muito cedo e somos amigos por todo esse tempo. No primeiro ano da faculdade, pouco antes de entrarmos no programa, a gente se beijou. Mas eu era muito imaturo, a Layla também. Estava passando por um período de merda depois da morte do meu pai. Eu sabia que ficar com ela naquela época ia estragar tudo, podia arruinar nossa amizade. Queria que ela conhecesse outras pessoas, vivesse os próprios sonhos. Então nós dois concordamos que era melhor permanecermos amigos. Foi quando entramos no programa e ela conheceu você. No minuto em que vi vocês juntos, me arrependi de ter preferido apenas uma amizade.

Ele esfregou o rosto com as mãos e parecia procurar formas de continuar.

— Por que vocês não me disseram?

— Porque foi só isso. Eu não queria estragar algo tão bonito, tão puro, entre vocês. — A primeira lágrima desceu por seus olhos. Outras seguiram, silenciosas. — Eu via o quanto você cuidava dela, o quanto o que tinham era especial. Era isso que eu queria para a minha amiga quando desejei que conhecesse alguém melhor que eu. Você é melhor que eu, Owen. Depois aconteceu toda aquela confusão com a gravadora, o contrato que não era contrato. E eu te juro, cara, nunca mais rolou nada entre nós. Nada. Todo o amor que eu sinto pela Layla me impedia de tocar em um fio de cabelo dela, se pudesse estragar o que vocês tinham. Agora no final foi ainda pior, porque vocês brigavam e eu vi o quanto ela estava triste, o que me fez me afastar um pouco, mas ela é minha melhor amiga, você também. Por mais que eu quisesse socar a sua cara às vezes, pelo que estava fazendo com ela, só queria te ver bem também.

— E as fotos?

— Foram totalmente tiradas de contexto. — Ele suspirou. Havia tanta verdade em seus olhos. — Sim, aquela primeira era de nós dois nos beijando. Foi feita na nossa adolescência. Mas essas recentes foram de um dia em que ela estava muito triste com tudo que estava acontecendo, com as suas fotos pela internet, e eu a levei para comer um hambúrguer. Não havia nada de mais, mas o ângulo não nos favoreceu.

Ficamos em silêncio por alguns segundos, um misto enorme de sentimentos em meu peito. Cada palavra parecia verdadeira, mas ainda havia dor dentro de mim.

— Eu quero esquecer e fingir que não aconteceu, Mase, mas a dor da traição ainda está aqui. Mesmo acreditando em você.

— Eu entendo, cara. E entendo se precisar se afastar, se não quiser me perdoar. Só queria que soubesse que nem eu, nem Layla fizemos nada. Eu a amo, mas ela não traiu você. Nunca.

— Não quero me afastar, porra. Quero estar aqui com você neste período de merda. Mas mesmo assim dói. Acho que vai levar um tempo.

— O tempo que você precisar, cara. Se quiser, se ajudar, eu e Layla podemos nos afastar um pouco…

— Não — eu o cortei. — Ela é sua melhor amiga. Você vai precisar da sua melhor amiga agora.

Ele sorriu de lado, bem fraquinho. Um sorriso tão triste quanto as lágrimas lentas que ainda desciam.

— Quando… Quando ligaram do hospital, Layla estava ao meu lado. Eu estava em Londres com ela. Não sei o que teria sido de mim se ela não estivesse comigo.

Minha mente começou a pensar em todos os momentos durante os anos em que eu os vi juntos. A amizade deles. O carinho que tinham. O respeito. Nunca achei que Mase gostava dela romanticamente, justo porque eles não ultrapassavam os limites da amizade. Sempre achei que era aquilo: amizade, carinho, respeito. Gratidão. Companheirismo.

— Amigo, não quero que vocês se afastem. Não estou pronto para começarem a namorar ou algo assim, mas isso é um problema meu. Você é meu irmão, Layla é uma amiga. Ela não é mais minha namorada, pode ficar com quem quiser, inclusive com o cara que esteve ao lado dela por tantos anos. Vai ser uma merda ver vocês dois juntos no começo, mas isso é problema meu, tá ligado? Assim como ela ficou incomodada ao ver minhas fotos na balada, eu vou ficar se ela aparecer com alguém. Eu já fiquei quando vi as fotos. Mas, com o tempo, eu vou me acostumar. Nós vamos nos acostumar.

— Eu não acho que vamos ficar juntos. — Deu de ombros. — Foi há muito tempo. Apesar de eu ainda amá-la, Layla só me vê como um amigo.

SETE CHAMADAS

E... Não quero pensar nisso agora. Essa situação do Fred...

— Estou contigo nessa, Mase. No que precisar, eu estou contigo. Quero falar com a Layla antes, para que ela saiba que entendi e não vou matar nenhum dos dois, mas vou ficar aqui em Bristol enquanto você precisar. Não sei o que posso fazer, se o seu irmão precisa que alguém fique com ele... No que mais você precisar, pode contar comigo.

Mase apoiou os cotovelos nos joelhos e deixou a cabeça cair. Ainda havia lágrimas em seus olhos, contudo, quando me encarou de novo, vi seu alívio.

Fiquei de pé e fui até ele novamente, erguendo-o para um abraço.

— Layla está com ele no hospital, porque eu queria estar aqui quando você chegasse. Não sei por quanto tempo Fred vai ficar internado, mas... Obrigado por me apoiar, cara.

— Sempre. Agora você me empresta um chuveiro? Porra, foi o voo mais longo da minha vida, de tanta coisa que passou pela minha cabeça.

Ele acenou e nos separamos.

— Pode usar o quarto de hóspedes aqui na frente. Tem um banheiro, toalhas e o que mais você precisar. Onde estão suas malas?

— No carro do Kenan.

— Vou pegar lá e trazer aqui. Vá tomar seu banho e, se precisar, tire um cochilo também.

Nós nos separamos no corredor. Enquanto me despia e entrava debaixo da ducha, os pensamentos ainda estavam a milhão. O fato de Mase ser apaixonado pela minha ex-namorada desde criança me perturbava um pouco, principalmente por ele ter sido capaz de respeitar o nosso namoro por tanto tempo. Ele deveria estar passando pelo inferno em todos esses anos. Se os papéis fossem invertidos, não sei se teria tanto autocontrole para nem sequer externar isso.

Mas, enquanto a água levava a dor da traição, o sentimento de perdão foi se assentando em meu peito. E, finalmente, aquele era um bom sentimento.

Décimo

So now I guess this is where we have to stand. Did you regret ever holding my hand?
Agora eu acho que é aqui que temos que ficar. Você se esqueceu de já ter segurado minha mão?
Don't forget - Demi Lovato

18 de agosto de 2019.
    A minha sensação era de estar vivendo um dia interminável.
    E nem era o dia de hoje, mas o de ontem. Depois das muitas horas de voo, parecia que ainda era ontem no dia de hoje. E meu cérebro estava fazendo tão pouco sentido que, depois do banho, sentei na cama por alguns minutos e fui me recostando até relaxar. Quando vi, estava dormindo. Acordei cerca de quatro horas depois e finalmente senti que estava no dia certo. Hoje, 18 de agosto. Domingo. Ano de 2019. Bristol, Inglaterra. Quarto de hóspedes da casa de Mase.
    Mase, meu amigo, que era apaixonado pela melhor amiga, minha ex-namorada.
    Mase, que acabou de saber que o câncer do irmão gêmeo voltou.
    Sentei na cama novamente e olhei as redes sociais. Foi quando mais um baque me atingiu. Júlio postou uma foto em preto e branco com um homem. Ele estava mais novo, e o cara parecia uma versão sua mais velha. Fui ler o post:

> Hoje meu pai morreu.
> A dor que estou sentindo é... Não sei explicar. Este é um momento muito difícil para mim. A todos, gostaria de pedir que compreendam e respeitem.

Ao meu pai, peço desculpas por não ter sido o bastante. Por não ter sido o filho que o senhor me criou para ser. Vou me esforçar para ser melhor daqui para frente. Sinto muito. Espero que o senhor seja bem recebido onde quer que esteja. Te amo.

Caralho. Era isso. Lá no fundo, o tanto que Júlio estava me procurando e pedindo para me ver, eu pensei que fosse por outros motivos. Achei que ele queria que eu o fizesse esquecer com sexo novamente, apenas por estar passando por um período complicado no trabalho e com os pais no hospital. Na minha cabeça, se ele só queria sexo, não precisava de mim. Era só contratar alguém. Ligar para algum contatinho. Eu não me importava.

Mas Júlio estava atrás de mim porque eu me ofereci para ficar ao seu lado. Eu disse com estas exatas palavras na mensagem que mandei para ele, naquela quinta-feira pela manhã:

> Eu: Se precisar de mim, estou aqui. Não apenas para extravasar, mas também caso precise de um conselho ou se quiser visitar seus pais. Eu estou aqui, Jules.

Eu era um babaca. Se não podia, era só ter usado as palavras. *Estou ocupado. Não quero mais. Preciso resolver um problema na Inglaterra.*

Qualquer coisa teria sido mais honesta do que simplesmente ignorar.

Mas uma coisa de cada vez. A situação com Mase ainda não estava resolvida, porque eu precisava descer e apoiar meu amigo, como prometi que faria. E eu tinha que conversar com Layla. Não a vi quando cheguei, pois ficou no hospital, mas esperava que agora estivesse em algum lugar na casa. Criando coragem, levantei da cama e fui ao banheiro. Lavei o rosto inchado e mijei, depois saí do quarto. Ainda no corredor, fui surpreendido por ela.

Layla.

— Oi — chamei. Ela estava de costas, andando até as escadas, e se virou ao som da minha voz. — Eu posso falar com você um momento?

Seus olhos estavam um pouco assustados, mas ela assentiu. Voltei de onde vim e deixei a porta aberta. Depois de encostá-la atrás de nós, puxei-a pela mão até sentarmos lado a lado na cama.

— Mase disse que vocês conversaram — começou.

— Sim, conversamos. Depois eu entrei aqui para um banho e apaguei, mas sabia que precisava te dizer algumas coisas.

— Tudo bem. — Suas mãos apertavam uma a outra, em seu típico sinal de nervosismo.

— Quando a gente terminou, eu disse que ia te amar para sempre, mas não do jeito que você merecia. E falei que só queria que você fosse feliz. — Fiz uma pausa para que nós dois sentíssemos as palavras. — Não vou mentir, Lay. A possibilidade de você ter estado com Mase todo esse tempo acabou comigo. Não apenas pela traição, mas também pelo que isso teria significado, sabe?

— O quê? — perguntou, a voz pequenininha.

— Que eu não fui o bastante. Que, em todos aqueles anos, você precisou ficar com outra pessoa porque não fui o bastante para você. Não te amei o bastante, não cuidei de você o bastante. Sentir isso foi uma pressão esmagadora para mim. Acho que foi o que mais me doeu.

— Não foi assim, Owen.

— Eu sei que não. Mase me contou o lado dele.

— Posso contar o meu?

Dei-lhe um sorriso fraco e peguei sua mão na minha.

— Claro. Se quiser.

— Eu era muito ingênua quando Mase e eu nos beijamos. Achei que, depois do beijo, nós iríamos nos casar, ter filhos e viver em uma casinha com um jardim aqui em Bristol. Eu passava por uma rua quando voltava da escola e lá ficava a minha casa dos sonhos. Depois do dia em que a gente se beijou, eu passei em frente e me imaginei com ele, nossas crianças correndo. Mas aí nós conversamos e concordamos que a possibilidade de um namoro entre duas pessoas que tinham acabado de sair do ensino médio dar certo era minúscula. Tínhamos sonhos, queríamos viver de música. Ainda havia um longo caminho até amadurecermos. Iríamos fazer as audições para o programa...

— Então vocês decidiram ser amigos.

— Sim, era o mais sensato. — Ela assentiu. Sua expressão mostrava que até hoje precisava se convencer disso. — Mas, quando eu te conheci, ainda estava tentando aceitar isso. Eu me abri ao que sentia por você e te amei de verdade, Owen. Ainda te amo, você sabe.

— Eu sei, Lay. E entendo.

— Nunca olhei para Mase de outra forma, nunca pensei em tentar um relacionamento de novo com ele. Eu me dediquei a nós. À loucura que estávamos vivendo, com a gravadora e tudo mais. Quando a gente terminou,

SETE CHAMADAS

57

acabei passando muito mais tempo com ele, porque somos amigos. E aí sim tenho algo para confessar... — Ela respirou fundo, os olhos se enchendo de lágrimas. — Acho que você pode ter se sentido traído pelas fotos que saíram. Nunca aconteceu nada, mas no meu coração... Sei lá, Owen, alguns sentimentos que achei que tinham desaparecido naquela época retornaram.

Uma sensação que veio até mim durante a conversa com Mase retornou: os dois começaram se desculpando, querendo me explicar atitudes que achavam infiéis ao tipo de relação que compartilhamos, mas acabaram confessando seus verdadeiros sentimentos um pelo outro. Mase amava Layla e Layla amava Mase. E nenhum dos dois deveria se negar a viver isso por minha causa.

Emocionalmente, eu já estava em outra.

— E você contou isso a ele? Sobre o que está sentindo?

— Não, eu nunca faria isso com você. — Sacudiu a cabeça, secando as lágrimas rapidamente. — Podemos ter terminado, mas eu te respeito demais, Owen.

— Layla, você quer voltar para mim?

Ela se virou na minha direção, os olhos assustados. Dava para ver que queria negar, mas não sabia como.

— Eu...

— Eu não quero, Lay. Eu te amo, você me ama, mas não quero que você seja minha namorada de novo. Nós dois concordamos que não sei te amar como você merece. Não é comigo que você deve ficar. Você mesma me disse que esperava que eu encontrasse outra pessoa. Agora que eu já disse, vou repetir a pergunta: você quer voltar para mim?

— Eu te amo, Owen, mas não acho que seja o melhor para nós.

— É isso que eu quero dizer. — Apertei sua mão de leve. — Nós não somos um casal, não vamos voltar a ser e você não precisa negar um sentimento por minha causa. Como eu disse para o Mase, é algo que vou demorar a me acostumar, mas isso é um problema meu, com o qual eu tenho que lidar. Vocês dois... Vocês dois precisam ser felizes, seja como for que essa felicidade venha.

— De todo jeito, Mase já me superou, Owen.

Ri sozinho, porque eu bem sabia que era o oposto disso.

— Eu não teria tanta certeza. — Dei de ombros, mas não revelei nada além. — Era isso, Lay. Eu só queria que você soubesse que te amo e que não me importo se você quiser seguir em frente com Mase.

— Eu agradeço por isso. — Ela apoiou a bochecha em meu braço. — Queria muito que pudéssemos continuar amigos depois de tudo.

— Por mim, é claro que podemos.

— Como foi lá no Brasil? Quer me contar?

Cocei o rosto, pensando no que deveria dizer sobre os dias malucos que passei na capital carioca.

— Quer mesmo saber?

— Acho que não muito. — Ela deu de ombros. — Pelo que vi na mídia...

— Fiquei com muitas pessoas diferentes. — Ri sozinho. — Não sou capaz nem de me lembrar dos nomes. Só tem uma pessoa que não consigo tirar da cabeça.

Ela virou o rosto para me encarar, sorridente.

— Alguém conseguiu flechar o seu coração de pedra? — perguntou, brincalhona.

— Não foi para tanto. Eu conheci esse cara no voo e, meu Deus, ele é muito gostoso.

Layla começou a rir e empurrou meu ombro para trás, fazendo nós dois cairmos de costas na cama. Por um bom tempo, conversamos e contei tudo sobre Júlio.

— Quando as coisas se acalmarem aqui, acho que você deveria viajar de novo para o Brasil. Se desculpar. Cumprir a promessa e ajudar o cara a passar por isso. Vai que depois ele volta a morar aqui em Londres, a trabalhar todo nerdzinho no museu, e vocês começam uma linda história de amor.

Foi impossível não rir.

— Acho que você está sonhando alto demais. A gente ficou duas vezes, e só estou me sentindo assim porque não consegui cumprir a promessa que fiz.

— Estou não, Owen. Você até pode achar que é coisa passageira, mas o jeito que fala dele... Faz tempo que não te vejo tão empolgado. Algum sentimento está batendo nesse coraçãozinho de pedra.

Eu não poderia confirmar isso, a possibilidade de estar sentindo algo por Júlio. Na minha cabeça, parecia meio impossível. Mas em algo eu concordava com ela: precisava de uma nova passagem para o Brasil, no momento em que meu papel de amigo fosse concluído aqui.

SETE CHAMADAS

Décimo Primeiro

Mistério mais claro não há. Longe de mim nos romantizar, mas quando é, é; e a gente é tanto, tanto.
(não te vejo meu) - Manu Gavassi.

21 de agosto de 2019.

Cheguei ao Brasil mais de três dias depois, já que a correria no hospital foi grande. Também tivemos que abafar a história da traição. Minha ideia era postar uma foto abraçado com Layla e Mase, só pelo deboche, mas ele não estava muito no clima, preocupado demais com o irmão. Optamos por uma nota sem graça da assessoria de imprensa.

Estava sendo solenemente ignorado por Júlio desde então. Tentei mais de uma vez, por ligações e mensagens, mas o cara fingia que eu não existia.

Tudo bem. Era um gelo merecido.

Novamente, Bruno estava no aeroporto para me buscar, mas eu me encontrava sozinho hoje. Essa parceria Age & Lolas era uma das mais vantajosas que eu já tinha visto na vida.

Ele me deixou no mesmo hotel, pelo que eu era grato, mas não perdi muito tempo lá. Fiz check-in e coloquei a bagagem no quarto, depois ele me levou até o prédio onde Jules trabalhava. Nós nos despedimos ali e eu fui até a recepção. Não era idiota, então procurei por Patrícia. Se eu fosse direto atrás de Júlio, ele bateria a porta na minha cara.

A recepcionista precisou repetir meu nome umas três vezes para Patrícia me liberar. Subi pelos elevadores, mas havia um garoto me esperando dessa vez.

— Senhor Hills, boa tarde. Seja bem-vindo. Meu nome é Luiz, a dona Patrícia pediu para eu te acompanhar até a sala de reuniões.

Segui Luiz pelos corredores. Ao chegar à sala indicada, Patrícia estava dando ordens para outros cinco jovens.

— Resolvam essas coisas, voltem apenas quando terminarem. Luiz, a Amanda vai te passar as instruções. — Como ela disse tudo em português, não entendi foi nada. Em seguida, dirigiu-se para mim, agora sim em inglês: — Senhor Hills, não esperava vê-lo aqui.

— Hoje sou eu quem precisa de sua ajuda — comecei, tentando fazê-la se lembrar da última vez que estive aqui, única e exclusivamente para ajudar o chefe dela.

— O que posso fazer por você?

— Preciso falar com Júlio, mas ele não atende minhas ligações.

— Bom, seja bem-vindo ao clube. Júlio não atende as ligações de ninguém.

— Achei que ele estava bravo apenas comigo — comentei, tentando entender melhor.

— Bom, depois do funeral, ele me mandou uma mensagem dizendo que teria que se afastar do escritório, e só.

— Você faz ideia de onde ele está?

— Sei exatamente onde ele está, porque essa é a minha função. — Ela parou com as mãos no quadril, parecendo brava. Mas não com Júlio; comigo.

— E se importa de me contar? Preciso muito falar com ele.

— Por que eu deveria? Pelo que sei, quando ele quis falar com você, as ligações e mensagens simplesmente foram ignoradas.

— Patrícia… — comecei, sabendo que precisaria me desculpar.

— Não, senhor Hills. Só aceitei recebê-lo porque esperava que me explicasse o motivo de ter dado esperanças para Júlio, sabendo o que ele estava passando, para então virar as costas.

— Parece que você sabe de tudo o que está acontecendo — rebati, tentando segurar um pouco da raiva.

— Sei. Claro que sei. Como eu disse, essa é a minha função de secretária e amiga.

— Vamos com calma, porque você pode saber o lado de Júlio, mas não o meu — afirmei.

— Então me conte — devolveu.

— Virei as costas para o seu *chefe e amigo* porque sou egoísta. O mundo inteiro gira em torno do meu umbigo. Sempre foi assim e, para ser honesto, tenho que trabalhar muito para deixar de ser. Não cheguei a tamanho nível de altruísmo ainda. Mas estou passando por um monte de merda na minha vida também e aconteceu tudo ao mesmo tempo. Tive que ir para Londres antes de saber sobre o pai dele e, quando fiquei sabendo, já era tarde,

SETE CHAMADAS

61

porque Júlio não respondia minhas mensagens. O que não era nenhuma novidade, já que ele me ignorou depois de transar comigo e pegar o celular de volta. Não sei se ele te contou essa parte, mas seu *chefe e amigo* me deu um gelo de uns três dias.

— Ele tinha motivos. O momento é difícil.

Como se o alecrim dourado fosse o único com problemas no mundo. Isso era comum e eu entendia o lado dela — quando amamos alguém, seja amor romântico ou fraterno, nossa vontade é defender a pessoa cegamente.

Eu fazia o mesmo.

— Eu também tinha motivos. Acha que larguei a minha vida em Londres para beijar estranhos porque sou um puto desvairado? Tudo bem, pode achar o que quiser. Mas a verdade é que estamos todos passando por merdas o tempo inteiro, Patrícia.

— Não foi o que pareceu pelas notícias da imprensa.

— Caralho, na boa, a imprensa é sensacionalista e o mundo inteiro sabe disso. Mas eu vim ao Brasil para esquecer as merdas que estava passando, o que incluía transar com quem eu quisesse, beijar quem eu quisesse. Só que isso não é da sua conta. O que você precisa saber agora é que fiz uma promessa ao Júlio e sinto muito por não ter cumprido. Para me desculpar, peguei a porra de um voo de onze horas. Se você puder ser gentil por cinco minutos e me dizer onde ele está, eu vou sair da sua frente e fazer a minha parte.

Terminei o discurso puto e ofegante. Ela ficou me encarando, tentando decifrar alguma coisa na minha mente. Eu não dava a mínima. De uma forma ou de outra, descobriria onde esse macho estava.

Patrícia pegou um post-it e escreveu algo, depois o entregou para mim.

— Não quero me arrepender disso.

Era um nome e um endereço.

Não perdi tempo me desculpando. Encontrei o caminho até os elevadores e desci. Ali dentro, percebi que estava suado e fedendo de leve. Nada que alguém fosse perceber de longe, mas não quis arriscar com Júlio. Fui rapidamente resolver aquele problema no hotel. Tomei um banho, troquei de roupa e chamei um Uber para encontrá-lo. O motorista me disse que era um hospital e que o nome escrito deveria ser de alguma paciente. Cheguei à conclusão de que era a mãe dele, já que o sobrenome de Helena Rodrigues deveria ser da família.

Fiquei pensando em como faria para conversar com a recepcionista do hospital. Elas não costumam ser tão *receptivas*, então escrevi uma mensagem e coloquei no Google Tradutor, esperando que aquilo ajudasse. Dizia meu nome, que eu falava inglês, queria ver Helena Rodrigues e era um amigo da família. Ela digitou algumas coisas no computador, pegou o próprio telefone e digitou algo, então mostrou para mim.

> O filho dela está lá. Você pode entrar. Segundo andar, quarto 318. Me dê um documento e depois preciso que assine uma ficha.

Entreguei meu passaporte a ela, que preencheu o que parecia ser uma ficha de cadastro. Ao me devolver, assinei. Ela me indicou um elevador e, antes de sair, lembrei-me de como se falava obrigado em português para dizer a ela.

Aquele era um hospital de luxo e era provável que fosse o único motivo para eu poder visitar um paciente em qualquer horário. O quarto tinha uma janela de vidro, mas a persiana estava aberta, então pude espiar o lado de dentro. Ele estava sentado em uma poltrona ao lado da cama, com o rosto apoiado no colchão. Parecia uma posição desconfortável. Suas costas subiam e desciam devagar.

Entrei em silêncio, considerando como o despertaria. Havia um sofá bem confortável no canto do quarto e pensei se eu era forte o suficiente para carregá-lo. Lembrei-me da noite que passamos juntos e de suas pernas na minha cintura enquanto o segurava contra uma parede. Sim, eu aguentava seu peso.

Aproximei-me, analisando como o tirar dali. Mas percebi que não conseguiria sem que ele se movesse. Coloquei a mão em suas costas, o que o despertou. Jules ergueu o rosto cansado e piscou para me reconhecer.

— Owen?

— Vem. Deixa eu te levar para o sofá, é mais confortável.

Ele se esticou por inteiro e deitou o corpo na poltrona.

— Melhor ficar aqui mesmo. É confortável também.

Bufando, passei o braço por suas costas e pernas para erguê-lo. Jules deu um gritinho assustado, mas segurou meu pescoço, tentando se equilibrar.

— Que homem teimoso, pelo amor de Deus.

— Owen, o que você está fazendo? Vamos cair os dois.

— Estou cuidando de você. — Coloquei-o no sofá, porém ergui suas pernas e sentei também, segurando-as sobre as minhas. — Queria muito conversar com você, se estiver tudo bem.

— Como você sabia que aguentava o meu peso? — Dava para ver a confusão em seu rosto, em parte pelo sono, mas também pela situação. — Poderia ter sido um mico sem precedentes se você me puxasse e nós dois caíssemos aqui, em um quarto de hospital.

— Já peguei você no colo há não muito tempo e o caminho era curto, então apenas torci para que desse certo. — Apertei suas coxas sobre as minhas.

Júlio tentou mexê-las, mas segurei com mais força. Ele usava calça e blusa social, e eu me perguntava se eram as mesmas roupas desde o funeral.

— O que você está fazendo aqui?

— Prometi que estaria com você se precisasse, e estou aqui.

Ele fez uma careta, montando uma barreira entre nós dois com sua postura.

— Um pouco tarde para isso.

— E é sobre isso que quero me desculpar, Jules. — Levei a mão livre ao seu pescoço, tentando nos reconectar. — Eu vim ao Brasil para fugir dos problemas de relacionamento que estavam me cercando. Então nós dois ficamos juntos, eu tentei me aproximar, mas você só me afastou. Me deu um baita gelo. Aí, no mesmo dia em que me ligou, eu fui egoísta, mesquinho e achei que poderia me vingar te ignorando um pouco. Peço desculpas por isso, de verdade, mas juro que não queria sumir. Pouco depois que a gente se falou no sábado, surgiu uma notícia de que minha ex-namorada e Mase, da banda, estavam me traindo. E isso me deixou maluco. Eu sabia que precisava voltar para Londres, para entender o que estava acontecendo.

— E ela estava te traindo com ele?

— Não, foi um mal-entendido. Também aconteceu outro problema com Mase e tive que ficar na Inglaterra por uns dias para apoiar meu amigo. Eu não estava preocupado com você porque achei que estivesse me ligando só para transar. Você não me disse o que era. No meio de tudo isso, foi que descobri que tinha perdido seu pai. — Deslizei a mão até sua bochecha, afagando-a. — Sinto muito por não ter estado aqui, mas eu estava cuidando de outro amigo que precisou de mim.

— Acho que todo mundo tem problemas, né?

— Sim. Quero me desculpar por não ter cumprido a promessa de estar com você, porém as coisas estavam difíceis do meu lado também.

64

Carol Dias

— Eu fiquei bravo porque a mídia mostrou que você estava saindo com esse monte de garotas, mas quando precisei de você…

— Sim, é por isso que eu quero me desculpar. E, se vamos ter qualquer tipo de conexão daqui para frente, não dê atenção para o que a imprensa diz. Sempre desconfie.

— Então você não estava saindo com todas aquelas pessoas? — perguntou, um risinho no rosto.

— Não foi o que eu disse — respondi, sincero. — Não é isso. Fui para muitas festas na semana passada, peguei muita gente. Mas na metade do tempo você me ignorou, e eu sou um cara solteiro depois de anos em uma relação séria. O que quero dizer é que não deixei de te apoiar porque estava curtindo na noite. Eu estava em Bristol, na Inglaterra, com Mase. E vim para cá assim que pude, para ficar com você.

— Veio da Inglaterra para cá só por minha causa? — questionou, o tom incerto. Apenas assenti. — E vai ficar aqui por quanto tempo?

— Não sei exatamente. Remarcamos alguns compromissos e devo ter, pelo menos, até domingo. Preciso ver como as coisas vão andar antes de dar uma data definitiva.

Ele apoiou a cabeça em meu peito, aconchegando-se contra o meu corpo. Passei os braços por sua cintura, tentando acalentá-lo.

— Eu te desculpo, só… Obrigado por vir. Fique aqui comigo.

— Vou ficar. E farei o que puder para facilitar a sua vida.

Ele ergueu o rosto para encontrar o meu, tocando nossos lábios de leve. Não foi muito além, voltando a encostar a bochecha em meu coração.

— Eu vou cuidar de você — sussurrei, meu queixo sobre a sua cabeça.

O abraço era para confortá-lo, mas o carinho que recebi era como ter todo esse conforto de volta.

SETE CHAMADAS

Décimo Segundo

Deixa que essa noite, se torne especial. Mesmo que fique tarde, amor, não faz mal.
7 chamadas - Vitão.

21 de agosto de 2019.
— Eu preciso passar no shopping para comprar umas coisas antes — Jules avisou enquanto entrávamos no carro. — Tudo bem?
— Você manda. Não quer mesmo que eu dirija?
— Não. — Ele bateu a porta. — Você está cansado também, veio de viagens seguidas.

Foi difícil, mas consegui convencer Júlio a deixar o hospital. Ele estava dormindo por lá desde o enterro do pai. Disse que ia para casa todos os dias de manhã, tomava banho e se preparava para ir trabalhar, mas mudava de ideia e ia parar sentado no leito da mãe.

Não falamos muito sobre o que estava acontecendo, mas ele parecia esgotado e culpado. Foi uma luta colocar na cabeça dele que dormir em uma cama era necessário e que avisariam de imediato se algo mudasse em relação à sua mãe.

Pensei de passar no hotel para pegar as minhas coisas, mas Jules me convenceu de que poderia me emprestar qualquer coisa que eu precisasse. Os caminhos eram opostos, segundo ele. Dirigimos por alguns minutos, até que entramos em um shopping a céu aberto e estacionamos. Ele caminhou para o meu lado e tocou meu braço para me guiar. Entrelacei a mão na sua.

Sempre gostei de andar de mãos dadas. Com Layla e com todas as pessoas que namorei. O meu último namorado antes dela, ainda na escola, odiava isso em mim, porque fazia muitos dos nossos colegas nos olharem torto, mas era um impulso difícil de controlar. Os dedos longos de Júlio se prenderam muito bem aos meus, e não pensei direito em nada daquilo conforme atravessávamos os corredores.

Ele parou em uma farmácia para comprar alguns itens de higiene e aproveitei para pegar uma escova de dente também. E camisinhas.

Depois entrou em uma loja de eletrônicos para comprar um carregador.

— Não sei onde coloquei o meu — comentou. — E estou sem bateria há uns dois dias por causa disso.

Não consegui segurar a risada. Patrícia, eu e provavelmente todo o mundo tentando falar com ele, mas seu celular estava sem bateria.

Depois da loja, passamos em um restaurante para comprar comida e levar para casa. Só então caminhamos de volta para o carro.

— Como você descobriu onde me achar?

Ri sozinho, lembrando a discussão com Patrícia.

— Fui no seu trabalho. Patrícia me recebeu. A gente pode ter discutido um pouco.

— Por quê? — questionou, risonho.

Abriu a porta de trás do carro e colocamos as compras dentro. Encostei-o na lateral assim que a fechamos. Jules passou os braços na minha cintura e apoiei as mãos no vidro ao lado de sua cabeça.

— Ela não queria me dizer onde você estava porque eu tinha sido um babaca.

— E como você a convenceu?

Dei de ombros, sorrindo de lado.

— Tenho um poder de convencimento dos bons.

Ele suspirou e tocou nossos lábios brevemente. Como não sou bobo, colei-os de novo e aprofundei o beijo.

Entramos no carro um pouco depois. O caminho até a casa dele era curto. A construção era padronizada com outras do condomínio, mas não deixava de ser aconchegante.

— Acabei de me dar conta de que você vai conhecer meu quarto da adolescência — comentou ao destrancar a porta.

— O que eu vou encontrar lá? Um pôster da Lady Gaga?

Ele riu.

— Eu era um adolescente fã de Paramore. Música pop veio depois. Mas pode ser que você encontre um do Zac Efron.

Não deixei que ele me enrolasse. Fomos direto ao seu quarto e havia mesmo um poster do Zac. Ri, pensando que havia um do Taylor Lautner

SETE CHAMADAS

na casa da minha mãe. Mas não falei nada. Não daria munição a ele.

— Agora que já vi a gracinha que você era quando adolescente, vamos comer? O cheiro estava ótimo.

Na cozinha, colocamos tudo em pratos. Aquele era um ambiente diferente para nós, pois eu já tinha visto Jules no avião, no bar, no trabalho e no hospital, mas a vibe aqui era outra. Parecia uma vida normal em que voltamos após um dia de trabalho, para uma vida a dois. Um sentimento que me era estranho, mesmo depois de namorar Layla por tantos anos.

— Antes que a gente suba, queria te dizer algumas coisas — comecei. Jules parou de comer e me encarou. — Só para eu me situar: nós vamos apenas nos divertir? Vamos nos apegar um ao outro? Quando eu precisar voltar para Londres, isso aqui vai terminar? Quanto de mim você quer?

Ele pareceu bem pensativo.

— Eu não sei se consigo pensar em relacionamento agora, Owen. Perdi meu pai, minha mãe está internada, estou tentando cuidar da empresa da família, e falhando; e ainda tem o fato de morarmos em países diferentes.

— Não precisamos tomar decisões agora. Só quero mesmo entender se vou te mandar mensagem na semana que vem e levar um gelo ou não.

— É com isso que você está preocupado? Levar um gelo?

Dei de ombros, sem querer assumir.

— Ser meu namorado é um pesadelo, Jules. E você seria o primeiro homem desde que fiquei famoso, o que enlouqueceria a imprensa.

— Mas eles sabem que você é bissexual, né? Eu acho que sabia antes de a gente ficar.

— Eu já tinha afirmado algumas vezes, mas a antiga gravadora era um pesadelo e não gostava que eu comentasse. Então os fãs sabiam, se alguém perguntasse eu falava, mas, olhando para trás, acho que gostaria de ter sido mais atuante. Hoje, junto com a equipe, estou procurando formas de ajudar a comunidade e mostrar quem eu sou mais abertamente.

— Entendo seu ponto. Pode ficar tranquilo, Owen, pois não vou te ignorar mais. Não estou pronto para mudar meu status nas redes sociais, mas quero aproveitar os dias que você vai ficar aqui e te ver no futuro, quando for possível.

— Ótimo. Agora vamos subir. — Puxei sua mão para nos levantarmos. — Vamos deixar o pôster do Zac Efron constrangido e ficar exaustos para dormir até amanhã.

Owen Hills é visto beijando outro homem em shopping do Rio de Janeiro
O músico continua passando o rodo em terras brasileiras, após alguns dias sem ser visto

Quando Finn Mitchell postou sua foto de despedida da família no último domingo (18), achamos que era o último dia da dupla Finn & Owen na Cidade Maravilhosa. Apesar de eles não terem sido vistos nos mesmos lugares muitas vezes, confirmou-se que vieram juntos. Mas parece que retornaram separadamente: enquanto Finn foi visto em Londres, fotos de Owen no Shopping Downtown, na Barra da Tijuca, foram divulgadas na internet.

Nas imagens, o gato aparece acompanhado de outro rapaz, cuja identidade permanece desconhecida. Além de caminharem de mãos dadas, os cliques mostram os dois se beijando em um estacionamento. Para alguns pode parecer uma surpresa, mas o maior fã-clube da Our Age explicou em suas redes sociais que o cantor já havia mencionado que não é heterossexual e sempre se referiu como membro da comunidade LGBTQIA+.

Nos últimos anos, o muso namorou Layla Williams, porém seu relacionamento encontrou um recente fim conturbado, com rumores de traição por parte da jovem. Ele nunca foi muito aberto sobre sua sexualidade, e vários fãs julgavam ser em respeito à namorada. Entretanto, com as polêmicas envolvendo a antiga gravadora da banda (que você pode ler mais aqui), muitas são as teorias de que houve censura a respeito.

Os diversos casos de Owen Hill em sua passagem pelo Brasil estão em todos os noticiários, mas até o momento todos os registros foram em saídas de festas e shows. Será que esse é um *affair* mais sério? Nossa equipe de reportagem está acompanhando todos os passos do gato e retornará com atualizações.

24 de agosto de 2019.

Quando meus olhos se abriram às quatro da manhã daquele domingo, eu procurei meu celular para desligar o despertador. Mas logo percebi que não era ele que tocava, e sim o de Júlio. Sacudi seu ombro de leve.

— É o seu que está tocando, Jules.

Ele ergueu o corpo preguiçosamente e encontrou o aparelho sobre a mesinha de cabeceira. Atendeu, a voz entregando o sono que sentia. Enquanto falava, o meu tocou de fato e levantei-me em marcha lenta. Meu voo seria em três horas e meia. Eu tinha trinta minutos para tomar um banho e sair daqui. Júlio prometeu me levar ao aeroporto e que o local estaria vazio nesse horário.

Depois da primeira noite em sua casa, em seu quarto de adolescência, fomos para o hospital logo pela manhã. Ficamos juntos no leito de sua mãe, conversando. Consegui convencê-lo a falar com Patrícia e eles trabalharam um pouco por videochamada. Ele não pretendia sair de perto da mãe durante o dia e eu entendia. Mas abandonar o escritório também não me pareceu uma boa ideia.

No segundo dia em que estive lá, ele levou o notebook e trabalhou um pouco mais. Nenhuma mudança no quadro de sua mãe, mas dava para ver claramente que um peso saiu de seus ombros apenas por estar tão perto. No sábado, fomos juntos para a missa de sétimo dia do pai. Não era algo com que eu estava muito familiarizado e toda a cerimônia foi em português, mas fiquei lá de apoio.

Porém domingo era minha data limite e meu voo era cedo, então entrei no chuveiro para não me demorar. Estava lá dentro quando Júlio entrou em um turbilhão, me beijando. Depois de uns bons minutos de mão aqui, mão ali, falou:

— Eu acabei de pedir um táxi para você. Desculpa. Não vou poder te levar ao aeroporto.

— Tudo bem — falei sem entender e passei os braços por seu pescoço. Ele estava radiante. — Aconteceu alguma coisa?

— Sim. Os médicos disseram que minha mãe mostrou reações esta madrugada e acreditam que é hora de diminuir os remédios para permitir que ela desperte.

Meus olhos se arregalaram com a boa notícia.

— Júlio, meu Deus, que coisa boa!

— É, não é? Desculpa mesmo não poder te levar.

— Não se preocupe. — Selei seus lábios, passando as mãos para cima e para baixo em suas costas, em uma forma de carinho. — Sua mãe é prioridade. Eu vou ficar bem em um táxi.

— Obrigado por estar aqui, Owen. Obrigado por ter cuidado de mim esses dias.

— Não me agradeça. Eu teria ficado mais se pudesse. Desculpa por ter te transformado no meu homem misterioso.

Nós dois rimos ao pensar no termo que a imprensa carioca usou. Era um clichê jornalístico. Desde a primeira reportagem sobre nós dois no estacionamento do shopping, outras surgiram, mas não nos importamos. Continuamos saindo juntos, de mãos dadas. Aprendi a lidar assim com a imprensa: em algum momento, outra notícia mais interessante surgiria. Até lá eu não mudaria minha vida. Júlio não estava muito interessado em mudar também.

— Nós vamos ficar bem. — Ele beijou meus lábios de novo, devagar, encostando-me na parede.

Não deixamos que nada daquilo se estendesse. Muitos compromissos estavam nos esperando. Logo que me vesti, precisei descer, pois o táxi me esperava. Júlio me aguardou sair, acenando. Voltei para a minha realidade na terra da rainha, mas cada momento ao lado dele naqueles dias se repetia na minha cabeça. A vida retornou ao seu curso, porém não era mais a mesma. Aquele homem conseguiu se infiltrar em cada minuto do meu dia.

SETE CHAMADAS

Epílogo

I'm not tryin' to be your part-time lover. Sign me up for the full-time. I'm yours, all yours.
Eu não estou tentando ser seu amante em meio período, vou me inscrever para o período integral. Eu sou seu, todo seu.
What a man gotta do – Jonas Brothers.

Noite de 13 de março de 2020.
A campainha tocou e fui abrir apressado. Eu sabia bem quem era. Júlio. Finalmente.

— Amor! — Abri os braços e dei um passo à frente para recebê-lo. Ele foi para trás, fugindo. — Amor? — chamei novamente, em tom de dúvida.

— Oi, querido. Desculpa. Quero tomar um banho antes de te abraçar. Sabe, por causa do vírus.

— Ah, entendi. Entre. Use o banheiro do quarto. Corredor à direita, terceira porta. — Eu peguei a sua bagagem.

Ele tirou os sapatos e passou por mim, piscando. Carreguei as suas quatro malas para dentro e empurrei até meu quarto. Depois fui até a cozinha, porque estava preparando algo.

Fazia sete meses desde que nos vimos pela primeira vez, e seis de namoro. Nós nos encontramos algumas vezes até janeiro, mas, quando fevereiro chegou, as coisas começaram a ficar estranhas. Um tal de coronavírus apareceu e decidimos que eu não sairia da Europa por um tempo.

Já era para Júlio ter voltado do Brasil há tempos. Contudo, depois que sua mãe se recuperou, ela precisou de um período até retomar o ritmo no trabalho. E ficou lá ajudando. O que foi uma droga, porque ver o namorado por alguns dias, depois de onze horas de voo, (dependendo de onde eu estivesse, mais) era uma merda total. Não sei como Finn sobreviveu a isso, tendo uma namorada e uma "filha". Eu não era tão forte.

Mas as notícias de que as fronteiras estavam se fechando vieram com tudo nos últimos dias, e ele não conseguiu mais adiar. Se não viesse agora para a Inglaterra, Deus sabe quando poderia voltar. Compramos a passagem em cima da hora, um dos últimos lugares no voo.

O plano de recebê-lo não era aquele, não era ficar em casa esperando sua chegada. Eu queria ter ido ao aeroporto com um cartaz e balões, mas as autoridades pediram para permanecermos isolados e sairmos apenas em extrema necessidade.

Eu estava feliz por finalmente estarmos no mesmo país de forma permanente, mas também um pouco preocupado, já que Jules estava se mudando para minha casa. Em todos esses anos de namoro, passei muito tempo com Layla em hotéis e viagens, mas sempre que voltávamos para casa era para lares separados. Morar sob o mesmo teto seria uma novidade e, apesar de empolgado, eu estava com muito medo de dar errado.

Senti braços envolverem a minha cintura e beijos espalhados pelas minhas costas nuas. Larguei dentro da pia a frigideira que segurava e me virei para Jules. Segurei seu rosto entre as mãos e trouxe até o meu, beijando-o devagar. Achei que sabia o que era amor, mas descobria que estava errado toda vez que meus lábios tocavam os dele. No começo até poderia ter sido luxúria, mas a cada mensagem, a cada chamada de vídeo, a cada abraço no aeroporto, a coisa mudava de figura.

Porra, não tinha como aquilo dar errado.

— Oi — sussurrou quando separamos nossas bocas.

— Oi, amor. — Espalhei selinhos pelo seu queixo, bochechas, nariz, até voltar para os seus lábios. — Que saudades.

— Sim, demais. — Apertou minha cintura. — Viu as notícias? O motorista do táxi disse que confirmaram uma morte na Escócia.

— Meu Deus, Jules! Esse vírus parece tão perigoso...

— Sim. — Suspirou, afastando-se um pouco. Encostou-se no balcão atrás de si, porém permaneceu com as mãos em meus quadris. — Ainda bem que eu consegui vir. Parece que vão diminuir mesmo os voos e estão falando em fechar os aeroportos de vez. Imagina se eu deixo para depois?

— Pois é, eu te falei. — Apontei o dedo para ele, dando um passo atrás. — Espalha muito rápido. Ontem foram 590 casos. Hoje são 798. Sabia que a Ministra da Saúde pegou?

— Deus me livre. Ainda bem que no Brasil não está tão perigoso assim. Menos de 100 casos quando saí de lá, e nenhuma morte.

SETE CHAMADAS

— Que fique assim. — Peguei pratos no armário e os entreguei a ele. — Que isso não se espalhe. Agora vamos comer, porque você deve estar faminto.

— Você cozinhou?

O sorriso em seu rosto era jocoso. Tudo bem, eu merecia.

— Não inventei nada complicado hoje, juro. Fiz o simples, minha especialidade, assim a possibilidade de errar e te causar uma intoxicação alimentar seria mínima.

Júlio negou com a cabeça, servindo-se. A história era longa e intoxicação alimentar era exagero, mas ele insistia que eu quase o havia matado uma vez. Descobri que Jules Avião também poderia ser chamado de Jules Rei do Drama.

— Vindo de você, só vou confiar depois de alguns dias.

— Tudo bem, então. Não querer confiar é uma escolha sua, mas agora você vai morar comigo e, se não quiser comer o que eu cozinhar, vai ter que fazer.

— Eu conheço muitos restaurantes em Londres. — Deu de ombros. — Vamos pedir em um a cada dia.

Jantamos sem conseguir nos desconectar. Fossem nossas pernas entrelaçadas, as mãos unidas ou qualquer outro tipo de contato, era bom ter Júlio comigo, e eu estava mostrando pelo meu toque o tanto.

Quando nos conhecemos, não acreditei que daríamos certo. Era só uma ficada, mas olha onde estávamos agora.

Todavia, descobrimos coisas em comum, assuntos intermináveis e uma conexão incrível na cama. Cada vez que precisávamos dizer adeus, um buraco se formava no meu coração, até podermos estar juntos e o vazio se preencher de novo. Eu encontrei abrigo nele para as minhas inseguranças, mas também um amigo e alguém para dividir a vida. Essa era uma experiência toda nova, compartilhar o lar, mas eu tinha esperanças de que era para ser assim. Estava escrito.

O caminho até começou de forma inesperada, mas o meio da nossa trajetória foi se ajeitando e eu esperava um fim bem distante, após muitas temporadas de sucesso. Quem sabe um final que envolvesse nós entrando juntos na eternidade, seja lá o que o pós-vida reservasse para um homem gay e um bissexual que escolheram amar um ao outro?

Mas o fim não importava tanto, desde que a trajetória fosse linda como estava sendo, cheia de amor, companheirismo, sexo quente e boas gargalhadas.

Playlists

Sete Chamadas
Ainda bem que chegou - Vitor Kley
A tua voz - Gloria Groove
Só quero viajar - Melim & Cynthia Luz
Live while we're young - One Direction
Meninos e meninas - Jão
Glad you came - The Wanted
Toa la noche - CNCO
Traitor - Olivia Rodrigo
Sozinho - Caetano Veloso
Velhos amigos - Emicida
Don't forget - Demi Lovato
(não te vejo meu) - Manu Gavassi
7 chamadas - Vitão
What a man gotta do – Jonas Brothers

Dois Corações
Long live - Taylor Swift
Umbrella - Rihanna
To make you feel my love - Adele
Pra me refazer - Sandy e Anavitória
Arms - Christina Perri
Preciso dizer que eu te amo - Cazuza
Hey Brother - Avicii
I found you – The Wanted
No one - Alicia Keys
Dois corações - Melim

A The Gift Box é uma editora brasileira, com publicações de autores nacionais e estrangeiros, que surgiu no mercado em janeiro de 2018. Nossos livros estão sempre entre os mais vendidos da Amazon e já receberam diversos destaques em blogs literários e na própria Amazon.

Somos uma empresa jovem, cheia de energia e paixão pela literatura de romance e queremos incentivar cada vez mais a leitura e o crescimento de nossos autores e parceiros.

Acompanhe a The Gift Box nas redes sociais para ficar por dentro de todas as novidades.

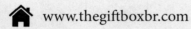
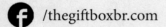
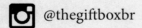
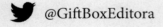

Carol Dias

Dois
Corações

1ª Edição

2023

Direção Editorial: **Revisão Final:**
Anastacia Cabo Equipe The Gift Box
Preparação de Texto: **Ilustração:**
Fernanda C. F de Jesus Thalissa (Ghostalie)
Arte de capa e diagramação: Carol Dias

Copyright © Carol Dias, 2023
Copyright © The Gift Box, 2023

Todos os direitos reservados.
Nenhuma parte do conteúdo desse livro poderá ser reproduzida em qualquer meio ou forma – impresso, digital, áudio ou visual – sem a expressa autorização da editora sob penas criminais e ações civis.
Esta é uma obra de ficção. Nomes, personagens, lugares e acontecimentos descritos são produtos da imaginação da autora. Qualquer semelhança com nomes, datas ou acontecimentos reais é mera coincidência.

Este livro segue as regras da Nova Ortografia da Língua Portuguesa.

CIP-BRASIL. CATALOGAÇÃO NA PUBLICAÇÃO
SINDICATO NACIONAL DOS EDITORES DE LIVROS, RJ
Gabriela Faray Ferreira Lopes - Bibliotecária - CRB-7/6643

D531s

Dias, Carol
Sete chamadas, dois corações / Carol Dias. - 1. ed. - Rio de Janeiro : The Gift Box, 2023.
144 p.

ISBN 978-65-5636-271-7

1. Romance brasileiro. I. Título.

23-84256   CDD: 869.3
CDU: 82-93(81)

PRIMEIRO

Long live all the mountains we moved. I had the time of my life fighting dragons with you.

Vida longa a todas as montanhas que movemos. Eu vivi o melhor momento da minha vida lutando contra dragões com você.

Long live - Taylor Swift.

6 de julho de 2003.

No inverno, eu tinha o costume de passar horas e horas no balanço da varanda de casa, todo enrolado em casacos, olhando o céu, entendendo os formatos das nuvens. Minha mãe fazia chocolate quente e eu bebia para me aquecer. Mas o inverno de 2003 passou e muita coisa mudou na minha vida, não apenas o clima.

A que mais me deixou confuso foi a morte da minha mãe. Em uma manhã, ela nos fez levantar, ir à escola e se despediu como sempre — um beijinho na testa e um aceno. Mas, na hora da saída, ela não estava nos esperando e nós fomos embora com a mãe de Layla.

Desde então, Layla era a única coisa na minha vida que não mudou. Ela ainda era a minha melhor amiga, felizmente. Nós nos mudamos para outra casa, porque o papai dizia que a antiga lembrava muito a mamãe. Pelo menos, ainda morávamos perto da antiga e não tivemos que mudar de escola — embora até a escola tivesse mudado, já que a professora Haynes pediu licença-maternidade e foi substituída pela professora Doohan. Fredderick passou a ficar doente o tempo inteiro, o que o fez ir ao hospital pelo menos uma vez na semana.

Quando Fred ia ao médico, meu pai me deixava na casa de Layla. Era legal ficar lá, mas a volta para casa geralmente não era tão boa. Papai estava sempre bravo e se trancava no escritório assim que chegávamos. Na primeira vez, ele não fez nada para comermos e eu fiquei morrendo de fome

até o dia seguinte. Na segunda, ele demorou tanto a me buscar que jantei na casa de Layla. Mas, na nossa, Fred me falou que não tinha comido. Bati à porta do escritório e disse ao papai para fazer o jantar do meu irmão, que não conseguiu ir pedir, porque estava muito, muito cansado do médico. Então eu fui falar com meu pai, porque não queria que meu irmão ficasse com fome.

Depois que bati e chamei um milhão de vezes, ele abriu a porta. Mas estava muito bravo e segurava uma garrafa; me mandou sumir da frente dele e jogou a garrafa em cima de mim. Eu tentei agarrar, porque achei que ele queria que eu a segurasse. Consegui pegar antes que se espatifasse no chão, mas o restinho da bebida caiu em cima de mim. Meu pai voltou ao escritório e eu fui para a cozinha. O cheiro de álcool nas minhas roupas era horrível, mas não reclamei. Peguei queijo e manteiga na geladeira e um pão em cima do armário. Fiz um sanduíche e levei para Fred. Não sabia preparar o jantar, mas pelo menos um lanche poderia fazer para ele.

Depois de algumas noites em que meu pai voltou do hospital com Fred, eu aprendi a lidar com ele. Mesmo que sua reação às minhas batidas na porta do escritório tivesse piorado, eu insistia em tentar falar com ele e pedir que fizesse algo para comermos. Mas eu era sempre recebido com empurrões, tapas ou objetos voadores. Sabia que estava ficando perigoso, mas precisava tentar. Ele era nosso pai, deveria cuidar de nós. E eu não poderia desistir de ajudar Fred, porque ele estava doente.

— Sara, obrigado por ficar com ele mais uma vez — meu pai disse assim que a mãe de Layla abriu a porta naquela manhã.

— É por isso que fui escolhida madrinha, para ajudar no que fosse preciso. E Mase é um anjo; não dá trabalho nenhum e ainda faz companhia para Layla. — Ela se abaixou e acariciou o cabelo de Fred. — Boa sorte lá no hospital hoje, querido. Depois da consulta, estaremos te esperando, ok?

Ele apenas acenou, sem dizer nada. Havia alguma coisa naquele hospital, pois quanto mais Fred ia lá, menos falava.

— Nós vamos, para não nos atrasarmos. — Meu pai soltou minha mão e desceu o primeiro degrau, levando meu irmão. — Comporte-se, Mase.

Dei um passo para ficar ao lado da senhora Williams e nos mantivemos ali, esperando que os dois fossem embora. Quando o carro sumiu no fim da rua, ela segurou na minha mão.

— Vamos entrar, querido. Layla está dormindo, mas já vou acordá-la. Você tomou café da manhã?

— O papai estava atrasado e nos deu apenas uma fruta.

— Tudo bem, ele deve levar seu irmão para comer no hospital. Quer chamar Layla para mim? Assim eu preparo o café de vocês dois. Que tal se eu fritar um pouco de bacon?

Meu estômago falou comigo imediatamente. Foi a única resposta que a senhora Williams precisava antes de me indicar as escadas e ir para a cozinha.

Encontrei o quarto de Layla com facilidade, já que ia até lá o tempo inteiro. Ela estava dormindo, então sacudi seus ombros de leve. Seus olhos se abriram e ela sorriu.

— Mase! — exclamou, sonolenta, passando os braços pelo meu pescoço. — A mamãe disse que você ia passar o dia aqui hoje.

— Sim, o Fred vai vir também, depois do médico. O papai tem que trabalhar.

— Essas são as melhores férias de todas! — Ela se afastou, soltando-se de mim. — Você está aqui o tempo todo.

— Eu gosto de vir para cá.

— Que bom. Mamãe disse que podemos ir na piscina. Vamos agora?

— Ela me pediu para eu te acordar para o café da manhã e disse que faria bacon.

— Tudo bem. — Bocejou. — A piscina pode esperar. Bacon é prioridade. — Pulou da cama. — Vou escovar os dentes.

Minha melhor amiga saiu do quarto em direção ao banheiro do corredor, e eu me joguei na cama dela para esperar. Tinha acordado cedo e estava com sono, mas não queria dormir de novo. Ontem o papai fez o jantar, era torta e purê de batatas, mas tirou muito para si e havia pouca torta para Fred e eu dividirmos, então deixei a parte maior para ele. Eu não sabia muito sobre a doença do meu irmão; mas, sempre que eu ficava doente, minha mãe dizia que eu precisava me alimentar bem, então deveria ser o mesmo com ele.

Pelo resto do dia, Layla e eu fizemos coisas divertidas. Tomamos café da manhã, vimos um pouco de desenho e fomos para a piscina. Achei que meu pai viria trazer Fred, mas foi o senhor Williams que chegou com ele antes do almoço. Meu pai e o senhor Williams trabalhavam juntos, então ele deve ter ido trabalhar e pediu para o pai da Layla trazer meu irmão. Ele não ficou muito tempo, logo voltou ao escritório. Achei que Fred brincaria conosco, mas ele disse que estava muito cansado. A senhora Williams fez

todos almoçarmos e, depois disso, meu irmão foi dormir no quarto dela. Nós passamos o restante do tempo brincando do lado de fora, até estarmos exaustos no fim do dia.

Meu pai foi nos buscar depois do jantar, pelo que eu agradeci, já que a comida da mãe de Layla era uma delícia e enchemos nossas barrigas. Fomos dormir logo que chegamos em casa, sem forças. Eu por ter brincado muito, mas Fred não sei o motivo, já que ele dormiu a tarde inteira.

Tive sede no meio da noite e desci as escadas para pegar água na cozinha. Foi naquela noite que a segunda maior mudança aconteceu em minha vida — só perdia, é claro, para a morte da mamãe. Assim que pisei na cozinha, senti o cheiro de bebida. Era o mesmo que ficou na minha roupa no dia em que meu pai jogou a garrafa em mim.

Procurei meu copo de plástico, mas não achei. Como estava com muita sede, peguei o de vidro que estava em cima da pia. Apenas meu pai e os adultos podiam usar, mas fui extremamente cuidadoso. Coloquei a água ali dentro e guardei a garrafa. Quando o copo estava tocando meus lábios, ele voou. Meu pai tinha dado um tapa em minha mão, o que fez o copo voar e se espatifar no chão. Eu gritei, mas a voz dele era mais alta:

— Está doido, garoto? Isso não é para você beber!

— Pai...

— Pai, nada! Está tentando beber a minha vodca? Não seja estúpido. — Sua mão encontrou meu rosto com toda força e eu caí.

— É água, pai! Eu peguei na geladeira.

— Seu mentirosinho desgraçado! Não tente me enganar. — Ele chutou as minhas pernas. — Acha que eu não sei diferenciar água e vodca? Não sou idiota! — Ele me puxou pela camisa e me fez ficar de pé.

E me deu a maior surra da minha vida até aquele momento.

Eu só tinha oito anos.

Tentei falar diversas vezes que era água, pedir desculpas, mas, quanto mais eu falava, mais ele me batia, então aprendi que ficar calado era minha melhor alternativa.

No dia seguinte, senti dores por todo o corpo e havia alguns roxos espalhados pela minha pele. O pai não me deixou ir para a casa de Layla e fiquei sozinho com Fred. Ele pediu à vizinha para dar uma olhada em nós dois. Ouvi quando ligou para a família Williams e disse que eu estava com gripe e era melhor ficar em casa, para não passar para Layla. Mas eu não sentia nada de gripe, apenas as dores causadas por suas mãos.

8

Carol Dias

Segundo

Because when the sun shine, we shine together. Told you I'll be here forever. Said I'll always be your friend, took an oath, I'mma stick it out to the end. Now that it's raining more than ever, know that we'll still have each other, you can stand under my umbrella.

Porque, quando o sol brilha, nós brilhamos juntos. Te disse que estaria aqui para sempre. Disse que sempre seria seu amigo, fiz um juramento, eu vou cumprir até o fim. Agora que está chovendo mais do que nunca, saiba que ainda teremos um ao outro, você pode ficar debaixo do meu guarda-chuva.

Umbrella - Rihanna

2 de março de 2009.

Foram os sete minutos mais agonizantes da minha vida.

Eu sabia bem o que acontecia dentro dos armários durante a brincadeira do Sete Minutos no Céu, porque já tinha participado de várias delas. Mas era a primeira vez de Layla e a experiência estava me fazendo suar frio.

Seria o seu primeiro beijo e eu não queria que ela se lembrasse daquele momento de forma negativa. O meu primeiro beijo foi bem estranho, mas eu não dava a mínima. Layla sonhava com isso. E, já que todas as minhas experiências nesta vida eram meio fodidas, eu queria que as dela fossem as melhores possíveis.

Começou tudo errado, quando o garoto que caiu com ela era um falastrão do jornal da escola. Eu tinha um alvo perfeito para o momento do Sete Minutos no Céu da Layla: Henry. Era um cara maneiro, na dele e as meninas o achavam bonito. Nunca o vi falando de garota nenhuma de forma desrespeitosa; e, se Layla dissesse que era o primeiro beijo dela, ele não seria todo estranho. Mas não, eu não tinha nenhuma sorte nesta vida e ela caiu com Jack, o falastrão. Inferno.

Dois Corações

Então os sete minutos em que eles ficaram lá dentro daquele armário foram os mais longos de toda a minha existência. Eu não conseguia tirar os olhos da porta, pensando em tudo que poderia dar errado. Ele sabia beijar? Estava sendo um completo idiota? Tentou apertar os seios dela? Foi gentil como ela merece? Droga, minha cabeça estava girando.

Felizmente, Layla saiu de lá com um sorriso tímido, mas não parecia triste. Jack segurava o ombro dela e se mostrava satisfeito. Ela acenou para mim, porém não veio em minha direção. Apenas me deu um olhar que me disse que estava tudo bem. Pelo restante da festa, eles dois ficaram juntos, Jack com o braço sobre os seus ombros. Não me intrometi, fiquei à distância, mas definitivamente conversaria com ela na hora de irmos embora.

Fui distraído quando meu nome surgiu para entrar no armário com Abigail, a dona da festa. Nós nunca ficamos e, de alguma forma, senti em seu olhar — na hora em que leram meu nome — que ela planejou aquilo. Tudo bem. Era bonita.

Tranquei a porta por trás de nós, andando em silêncio até encurralá-la. Suas costas tocaram em uma prateleira de roupas e eu a prendi entre os braços, na altura da cabeça. Abigail olhava para mim, dando risadinhas, mas também não falou nada.

— É só dizer e eu paro. Mas se você não disser... — Deixei a ameaça no ar.

Ela mordeu os lábios e acenou. Avancei sobre ela, minha língua dominando sua boca em um beijo voraz. A garota gemeu e passou os braços em meu pescoço. Aproveitei sua saia frouxa para escorregar as mãos por baixo, apertei sua bunda. Abigail não reclamou, então minhas mãos ficaram ali, acariciando. A bunda era macia, e os lábios, carnudos. Eu provavelmente não ficaria com ela do lado de fora do armário, porque não fazia o meu tipo, mas aproveitaria cada um dos sete minutos.

Antes de o tempo acabar e alguém bater à porta, levei as mãos aos seios dela, querendo experimentá-los também. Ainda eram pequenos para uma garota de catorze anos, mas não se pode ter tudo.

Alguém esmurrou a porta, gritando para sairmos, e dei um passo para trás. Deixei que ela ajustasse as próprias roupas e passei a mão nos lábios, tentando limpar um pouco do seu gloss. Puta que pariu, eu odiava aquele negócio gosmento. Por que as garotas gostavam daquilo?

Logo que pisei para fora, Layla me chamou com o olhar. Abigail foi direto para as amigas, que ficaram de risinho, mas eu fui até a minha amiga.

10

Carol Dias

— Tem glitter na sua boca.

— Merda. — Esfreguei melhor, tentando tirar, sob risos de Layla. — Tudo bem?

— Já deu o meu horário, Mase. Se eu não for embora agora, vou perder o toque de recolher dos meus pais.

Olhei para o relógio. Sim, estávamos atrasados.

— Dê tchau para todo mundo, eu vou te esperar lá fora.

Sentei na varanda da casa, depois de acenar para algumas pessoas, e esperei. Layla veio minutos depois, de mãos dadas com Jack. Ouvi a conversa deles ao longe.

— Não quer mesmo que eu te acompanhe?

— Não, meus pais disseram para eu voltar com Mase. A gente se vê na escola?

Levantei e fui até minha bicicleta, soltei o cadeado. Ainda assim, continuei ouvindo a conversa.

— Sim, segunda-feira, na escola. — Vi quando ele passou os braços pelos ombros dela e deu um beijo em sua cabeça. — Tchau.

Layla acenou e veio até mim. Subi na bicicleta e ela sentou no quadro. Comecei a pedalar em seguida.

Ela morava a duas quadras dali, então eu tinha pouco tempo para conseguir informações.

— Como foi?

— Bem, eu acho. — Deu de ombros. — Você não pode contar a ninguém.

— Nem para o Fred?

— Talvez. Mas ele não pode contar a mais ninguém. — Quando eu assenti, ela continuou: — Jack é gay. Ele foi me beijar, mas surtou. Pediu desculpas. Disse que descobriu que gostava de meninos e que não sabia o que fazer.

Porra...

Minha cabeça estava girando, sem saber o que pensar. Jack era gay? Layla não tinha beijado? Por que eles ficaram agindo como se fossem namoradinhos?

— O que aconteceu lá dentro? — perguntei, e essa era a dúvida mais forte na minha cabeça.

— A gente ficou conversando. Eu disse para ele que a gente poderia fingir que tinha ficado, se quisesse. Porque ele disse que não estava pronto para contar a ninguém.

Dois Corações

Eu ri sozinho, porque aquilo parecia simplesmente demais para a minha cabeça.

— Você é uma pessoa muito boa, puta que pariu.

— Olha a boca, Mase.

Dei de ombros. Vivendo com meu pai, era impossível regular o que eu dizia.

— E vocês vão continuar fingindo isso na escola?

— Sei lá, acho que não. Um dia tudo bem, mas não acho que conseguiria mentir assim de forma permanente.

— Isso significa que você ainda não perdeu o BV?

— Aff, ainda não. Ninguém me quer nessa escola. E nem no Sete Minutos no Céu eu dei sorte, caí com um cara que gosta de outros caras.

Dei de ombros, virando na rua de sua casa.

— Já me ofereci, você não me quis.

— Pelo amor, beijar o melhor amigo é o fundo do poço total! Atestado de que ninguém me quer *mesmo*.

— Quando você coloca assim, chega a machucar. — Parei a bicicleta no seu jardim da frente e Layla desceu.

— Eu te amo. — Beijou minha bochecha. — Obrigada pela preocupação, minha hora vai chegar.

— Passo aqui amanhã, tá?

Ela assentiu e entrou na casa. Quando a porta se fechou, pedalei para a minha. Lá, encontrei meu irmão no quarto que dividíamos, jogando videogame, sozinho. Atirei uma meia que estava no pé de sua cama para chamar sua atenção.

— O que foi?

— Já comeu?

— Sim, mamãe.

— Comeu o quê?

— Requentei o jantar de ontem que estava na geladeira.

— E o pai?

— Saiu. Não sei onde foi.

— Tudo bem. Eu vou no banheiro e depois fazer o trabalho de literatura. Se precisar de mim, me chama.

Tomei um banho lento, pensando no dia de hoje. Estava cansado de tudo que tinha feito com Layla pela manhã, depois de ter que socializar na festa. Agora só queria dormir, mas precisava ficar acordado e garantir que

o pai não fosse incomodar Fred quando chegasse bêbado em casa.

A verdade era que eu convivia há tanto tempo nesta família disfuncional, que já sabia qual era o meu papel. Tudo começou a desandar com a morte da minha mãe, porém o nosso relacionamento com o pai encontrou caminhos que nenhum de nós poderia prever. O tratamento de leucemia do Fred ajudou a rachar a nossa relação com o pai ainda mais. Ele se revoltou completamente com o fato de perder a esposa e ter que cuidar do filho doente. E, como seria muita covardia descontar em uma criança que fazia quimioterapia, eu segurei as pontas.

Em todos os sentidos.

E por mim tudo bem. A vida do meu irmão era difícil o suficiente. Ele não precisava passar pelos abusos do meu pai.

Saí do chuveiro e me vesti rapidamente, pois ouvi passos no piso inferior. Meu irmão dificilmente deixava o quarto, então só poderia ser o pai.

Ele me encurralou quando eu estava saindo do banheiro.

— Eu vi o que você fez — afirmou, as palavras se enrolando.

— O que eu fiz desta vez, pai?

— Não fale assim comigo, moleque! — ordenou, vindo para cima de mim com veemência. — Vou te ensinar o que é respeito.

Suspirei, porque essa história era completamente repetitiva. Os motivos eram os mais diversos, mas as frases se repetiam. As ofensas, os xingamentos, as agressões. As milhares de formas com que meu pai escolheu me violentar desde que eu era um garotinho de oito anos que só queria alimentar o irmão.

Sangrando e dolorido, voltei para o banheiro quando, exausto, meu pai caiu na própria cama. De fato, ele só acordaria no dia seguinte, então eu tinha feito a minha parte para garantir mais uma noite de sono para o meu irmão. Tomei outro banho, lavei os ferimentos. Estava fazendo um curativo na sobrancelha quando ouvi batidas na porta.

— Sou eu — Fred informou.

— Entra — convidei, destrancando a porta.

— Deixa eu te ajudar — disse, quando viu o que eu estava fazendo.

Empurrou-me de leve para sentar sobre a privada e me limpou, depois colocou o curativo no corte da sobrancelha. Em seguida, passou remédio sobre os outros machucados.

— Valeu — agradeci, ficando de pé e me preparando para sair do banheiro.

Dois Corações

— Desculpa, irmão. Não era para você passar por nada disso.

— Não se desculpe nunca. — Beijei sua testa, segurando-o pela nuca até nossas cabeças se juntarem. — Antes eu do que você, mano.

— Era para não ser assim com nenhum de nós.

— Infelizmente, nascemos na família errada. — Soltei-o e fui até a maçaneta. — Agora vamos dormir.

Aquela era uma conversa repetida entre nós. Eu não me importava de tê-la com meu irmão, porque não havia nada que eu negasse a ele. Mas estava cansado e dolorido. Só queria a minha cama.

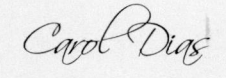

TERCEIRO

When the evening shadows and the stars appear and there is no one there to dry your tears, I could hold you for a million years to make you feel my love.

Quando as sombras da noite e as estrelas aparecerem, e não houver ninguém lá para secar suas lágrimas, eu poderia te segurar por um milhão de anos para fazer você sentir o meu amor.

To make you feel my love - Adele

Fevereiro de 2013.

Parei para tomar mais um gole de água, tentando me recompor para mais uma hora de show. Bom, show seria um exagero. Mas eu estava em um palco, cantando com uma banda, então diria que era um show.

Ser um cantor de casamentos não estava nos meus planos, mas era o que eu tinha de opção naquele momento. Depois da morte do meu pai, eu estava vivendo um dia de cada vez. Vendendo o almoço para pagar o jantar. O meu jantar e o de Fred, em quem depositei toda a minha esperança.

Um acidente de carro levou o meu pai. Meus sentimentos foram mistos em relação à sua morte. Era um alívio, pelos anos de abuso que finalmente acabaram. Era uma dor, porque dentro de mim ainda havia esperança. Era uma preocupação, porque eu tinha pouca grana e um irmão doente para cuidar. E mais um monte de coisa.

Ainda tinha o fato de que ele bateu no carro de uma família e, por muita sorte, apenas feriu de leve o motorista, mais ninguém.

Mas eu também era um cara de sorte, pois alguns dos meus problemas foram sendo solucionados. O primeiro deles era o meu irmão: Fredderick era um pequeno gênio, então conseguiu uma bolsa na faculdade simplesmente por ter um cérebro diferenciado. Ele foi morar no campus da

Dois Corações

15

Universidade de Bristol, onde estudava desde o meio do ano passado. Era uma exigência da bolsa que recebeu, e felizmente ela cobria todos os custos com mensalidade do meu irmão. Queria que ele tivesse estudo e conseguisse uma vida boa para si mesmo.

Eu também consegui uma faculdade, mas não fiquei por muito tempo. Não tinha nenhuma bolsa e precisava pagar as matrículas, o que se mostrou impossível sem o meu pai. Concluí o primeiro semestre, mas, com sua morte nas festas de fim de ano, precisei trancar. Não me via retornando por algum tempo. Anos. Talvez nunca.

Hoje, minha vida se resumia ao trabalho. Durante o dia, eu era garçom; à noite, cantava em festas e casamentos. Todo o dinheiro ia para pagar as contas da casa, as dívidas que meu pai deixou e as consultas médicas do meu irmão. Porque sim, o filho da puta ainda deixou dívidas em hipotecas para os filhos.

Eu tinha muita sorte por ter os pais de Layla na minha vida. O senhor e a senhora Williams nos deram todo o suporte preciso. Por já termos dezessete anos quando meu pai morreu, fomos emancipados. Mas foi o senhor Williams que me conseguiu o emprego de garçom e intercedeu na faculdade para que eu não fosse expulso por não pagar os primeiros meses do ano, apenas que tivesse a matrícula trancada. Eles pagaram as despesas do enterro do meu pai e insistiram que pagariam minha faculdade, mas não permiti. Os dois se prepararam por anos e guardaram dinheiro para Layla estudar, não seria justo tirar isso da minha melhor amiga.

Voltei ao show cantando Ed Sheeran, "The A Team". Era sobre uma prostituta, mas as pessoas insistiam em pensar que era uma canção romântica. A burrice era tamanha que ouviam as letras, mas não interpretavam.

Isso não era problema meu.

Cantei por mais cinquenta e dois minutos, então demos um intervalo na nossa apresentação. Ainda voltaríamos para cantar a valsa do casal, mas haveria uma pausa de pelo menos trinta minutos.

Tinha uma ligação de Layla em meu celular e aproveitei aquele momento para retornar.

— Ei, desculpe a demora. Eu estava cantando. Está tudo bem?

— Eu só queria saber a que horas termina o casamento e se você vai conseguir ir ao cinema comigo.

Suspirei. Layla estava em casa durante o fim de semana. Ela estudava em Oxford e retornava para a residência dos pais na sexta à noite. A gente

sempre dava um jeito de se encontrar, sair para fazer alguma coisa, ou simplesmente deitar no chão do seu quarto e conversar. Mas com os casamentos em que eu cantava, meu tempo com ela ficou escasso. E eu odiava ter que me dividir entre o trabalho e ela, pois queria dar todas as horas do meu dia para aquela garota.

A verdade era que eu sabia muito bem o que estava acontecendo comigo. Como me sentia em relação a ela. Só que a amizade que nós tínhamos vinha de anos e eu não era louco de deixar qualquer coisa ficar no caminho. Perdê-la estava fora de cogitação, então eu não arriscaria.

— Vou levar mais uns quarenta minutos aqui, depois mais uma hora até conseguir chegar ao cinema — informei. — A que horas é o filme que você quer ver?

— Podemos pegar a sessão das seis. — Olhei o relógio, vi que ainda faltavam quatro horas. — Se você chegar antes, podemos comer alguma coisa.

— Ótimo, porque estou morrendo de fome. — Suspirei. Os caras da banda acenaram, chamando minha atenção. — Lay, eu tenho que voltar.

— Liga quando acabar, para eu me arrumar.

— Passo para te buscar em casa. Tchau.

A próxima hora correu, como todas as que eu passava em cima do palco. Seja lá o que eu estivesse cantando, com quem eu estivesse cantando, aquele era sempre um momento único, que enchia meu coração de vida. Só duas coisas nesta vida faziam isso comigo: música e Layla.

Após guardarmos todos os equipamentos na van do nosso baixista, mandei uma mensagem para ela dizendo que estava a caminho. Era a segunda, já que avisei assim que desci do palco. Entrei no carro que herdei do meu pai, com mais dois integrantes do grupo. Suas casas ficavam no caminho e eu os levaria. Era importante rachar a gasolina.

Ao parar na porta da casa de Layla, ela saiu com a mãe atrás de si. Minha amiga entrou e deixou um beijo em minha bochecha. A senhora Williams se debruçou na janela do carro.

— Como você está, querido?

— Bem, como vai a senhora?

— Bem também. Infelizmente, não tenho boas notícias. Quando voltar, James e eu precisamos conversar com você.

— O que aconteceu? Diga logo.

— Não, vão se divertir primeiro.

— Mas não devo me preocupar? — questionei, já preocupado.

Dois Corações

17

— Mãe, eu te disse. Falar antes só o deixaria surtado.

— Vamos entrar. Temos tempo até o cinema. — Soltei o cinto de segurança, preparando-me para sair.

— Mas você vai ficar com fome — apontou Layla.

Dei de ombros e fiz a volta para abrir a porta dela.

— Eu como pipoca.

Claro que não me alimentaria, mas passar horas no cinema, sem saber o que estava acontecendo, me deixaria ainda mais enlouquecido.

Entramos na casa e elas me guiaram até a sala de jantar, onde o senhor Williams se debruçava sobre diversos papéis.

— Amor, Mase não quis esperar.

Ele ergueu os olhos e vi que o assunto era sério. Tirou os óculos, colocou na mesa.

— Sente-se, filho.

— Eu vou fazer um lanche para você — avisou Layla, saindo de perto de nós.

Queria que ela tivesse ficado, mas meu estômago roncou para me contrariar.

— Eu sinto muito — ele voltou a falar. — Lembra que falei que iria resolver as questões de hipoteca para você? Que passaria no banco para entender a situação completa?

— Eu lembro. Aconteceu alguma coisa?

— Fui lá hoje. O buraco é bem mais embaixo do que pensamos. Não sei se você vai conseguir pagar sem comprometer a renda que tem feito. Você precisaria de mais turnos como garçom, mais casamentos. E isso não é saudável. Talvez Fred precisasse deixar a faculdade, pois não cobriríamos os gastos extras dele.

— Puta que pariu! — escapou. Depois me lembrei de onde estava. — Desculpa.

— Conversei com o gerente e temos uma solução, mas não sei se você vai gostar.

— Estou ouvindo. — Eu não tinha muitas opções, a não ser ouvir.

— Se você entregar a casa para o banco, eles vão perdoar a dívida. Pode vir morar conosco.

Pensei a respeito. Algumas pessoas eram apegadas à sua casa de infância, mas esse não era o meu caso. Eu só precisava de um teto sobre a cabeça para dormir, qualquer que fosse ele.

Havia móveis e coisas dentro da casa que eu poderia aproveitar e vender, o que me daria algum dinheiro para alugar um apartamento. Talvez um lugar próximo da faculdade do meu irmão, para que ele viesse morar comigo depois que a faculdade permitisse que saísse do campus.

— O senhor acha uma boa ideia entregar a casa?

Resolvi pedir sua opinião diretamente, pois ela era importante. Há anos que essa família cuidava de mim e do meu irmão, vide o péssimo pai que tivemos. Se eu quisesse, não precisaria me preocupar com nada, pois eles nos bancariam até que eu terminasse a faculdade. Mas ficar sentado e esperar que os outros resolvessem a minha vida não era o tipo de postura que eu aceitava facilmente. Já tive alguém que me controlou por anos. Não daria mais esse prazer a ninguém.

— Sim, acho que é o ideal para você, filho. Mas apenas se isso não for algo doloroso.

— É apenas uma casa. — Cocei a cabeça. — Talvez eu deva falar com meu irmão antes.

Ele assentiu, reunindo alguns papéis.

— Leve isso com você. São os documentos que o gerente do banco me entregou. Quero que leia com calma e pense a respeito.

— Se livrar dessa dívida é o ideal para que vocês comecem uma vida nova, com suas próprias pernas — disse a senhora Williams, um sorriso gentil e o tom calmo.

— É o que eu quero. — Suspirei, preparando-me para levantar. — Mais alguma coisa?

— Não, filho, era isso. Aproveitem o cinema de vocês.

Coloquei a mão no bolso, tirei o dinheiro que tinha recebido pelo casamento de hoje e mais um pouco que trouxe de casa. Separei uma nota de cinquenta dólares para o cinema e empurrei o restante na direção dele.

— Para pagar o que me emprestou este mês. Acho que não vai ficar faltando muito agora.

Ele contou as notas rapidamente, assentindo. No mês passado, me emprestou dinheiro também, mas reclamou quando fui pagar. Tive que explicar, mais de uma vez, que aquilo era importante para mim. Eu precisava resolver as minhas dívidas e cuidar do meu irmão. Aceitaria sua ajuda, mas não era um caso de caridade. Dessa vez, felizmente, não questionou. Apenas aceitou as notas que entreguei.

— Depois que eu falar com meu irmão, confirmo com vocês sobre a casa. Volto mais tarde para trazer a Layla.

Dois Corações

— Bom cinema, querido — a senhora Williams desejou, e eu me retirei.

Caminhei para fora, após encontrar minha amiga na cozinha. Sentado no carro, comi o sanduíche que ela preparou, dirigindo devagar pelas ruas tranquilas do nosso bairro.

— Se não estiver com fome, a gente pode tomar um sorvete.

— Lay, eu comeria um trator. Estou só com o café da manhã.

— Você não pode ficar tanto tempo sem comer, amigo.

Dei de ombros. Eu sobreviveria.

O trajeto era curto e logo estacionei em uma rua próximo ao cinema. Compramos os ingressos e, com bastante tempo de sobra, caminhamos até nossa lanchonete favorita, que ficava na mesma quadra. Sentamos na mesa de sempre e Vilma, a garçonete, logo veio nos atender.

— O que vocês vão querer, meus amores?

— Aquele hambúrguer de sempre, Vilminha. Batatas e milkshake de morango.

— As onduladas, né?

— Sim, por favor.

— O de sempre pra você também, querido? — questionou na minha direção.

— Não, vou querer aquele maior, o número 7. E um refri de uva.

— Claro, eu trago em um minuto.

Quando Vilma se afastou, estiquei-me até segurar as mãos de Layla.

— Me conta sobre a sua semana.

Eu só queria ouvi-la falar, seja lá sobre o quê.

Mas já estava terminando de devorar o meu hambúrguer quando ela fez a pergunta que eu estava esperando há horas.

— Você vai mesmo vender a casa?

— Se meu irmão concordar, sim. — Terminei de mastigar o último pedaço e limpei a mão e a boca no guardanapo, Layla ficou esperando. — Não é a casa que vai fazer diferença. Posso morar em qualquer lugar. O importante é dar oportunidade para o meu irmão crescer.

— Eu sei que você só quer o melhor para o Fred e te admiro muito por isso, mas quero que pense em si também. Dê oportunidade para o seu irmão, mas faça os seus próprios planos.

— Preciso pensar em uma coisa por vez, Layla. Primeiro Fred vai se formar, depois eu procuro o que fazer.

— Amigo, nós tínhamos tantos planos... sonhos... Não pode desistir deles.

— Meu sonho é virar um cantor mundialmente famoso, Layla. Isso não vai rolar.

Ela suspirou, sacudiu a cabeça e mudou de assunto. Ao sairmos de lá em direção ao cinema, Layla passou o braço pelo meu, encostando a cabeça em meu ombro. O filme foi divertido e distraiu minha mente de tudo que andava acontecendo, o que foi muito bom. Eu precisava parar de pensar um pouco em todos os problemas que tinha agora, para não ser esmagado.

— Que tal você se inscrever em um daqueles programas de canto? — indagou quando saímos da sessão. Estávamos caminhando de volta para o meu carro.

— Ninguém vai me escolher, Lay. Preciso trabalhar, não tenho tempo para esse tipo de coisa.

— Pois eu acho que você deveria tentar. Apenas se inscrever, sabe? Dar uma chance e, se não der certo, é só seguir em frente.

— Eu sei que não vai dar.

— Está dizendo isso sem sequer tentar.

Encostei no carro, dando alguns minutos para conversarmos antes de entrar. Layla parou na minha frente, nossos corpos a poucos centímetros de distância. Ela era teimosa demais, meu Deus. Não era mais fácil simplesmente aceitar que aquela carreira não era para mim?

— Layla, eu te amo. Deixa eu te levar para casa. Vamos deitar no seu tapete e falar bobagem. Estou em um momento da vida no qual preciso manter os pés plantados no chão. Não posso sonhar com coisas que não tenho condições de realizar agora. Mais para frente, quando a vida de Fred estiver encaminhada, eu volto a pensar em mim. Agora não posso. Será que, por favor, você pode ser a amiga que eu preciso agora, que sempre me apoia, e respeitar isso? Eu juro que, na primeira oportunidade de sonhar novamente, vou fazer isso. E você vai sonhar comigo. É só que neste momento preciso ser o adulto da casa e colocar a comida na mesa.

Em todo meu discurso, evitei seus olhos. Era difícil me abrir daquele jeito e falar tudo que eu estava sentindo, mesmo que Layla fosse minha melhor amiga. Obviamente, eu só tinha revelado aquilo porque era ela, mas preferia ter guardado para mim, sem conversar com ninguém.

Ser um adulto acabaria comigo algum dia.

Layla passou os braços pelo meu pescoço, trazendo-me para um abraço. Senti algumas lágrimas tocarem minha camisa, o que me fez perceber o que eu havia evitado. Afastei-a um pouco, aproximei seu rosto até nossas

Dois Corações 21

testas se tocarem. Sequei as lágrimas com os polegares, beijei a ponte do seu nariz.

Sempre fomos muito carinhosos um com o outro, não era a primeira vez que estivemos tão próximos, mas aquela foi diferente. Lá no fundo, a vontade que senti não era nenhuma novidade; não para mim, pelo menos.

Acho que o que mudou foi o fato de que, quando aconteceu, a iniciativa não foi minha. Devagar, nós fomos cruzando a linha do carinho entre amigos para algo a mais. Seu nariz esfregou o meu, seus lábios roçaram os meus. Foi ela quem tocou a boca na minha, mas fui eu quem a devorei. Em um primeiro momento, nem sequer me lembrei dos anos e anos de amizade que compartilhávamos. Na minha mente, os sentimentos que há muito eu escondia se sobressaíram.

O desejo. O carinho. O amor.

Eu estava beijando minha melhor amiga, com completa consciência do que estava fazendo. Não era um erro. Não era uma atitude desesperada. Depois eu poderia até me arrepender das consequências, mas não daquele momento.

Não daquele beijo.

Quarto

O vazio é difícil acostumar, ainda bem que não hesitei em te abraçar. O nó afrouxa até a mão querer soltar, mas da tua mão eu não larguei até voltar pra direção da tua calma.
Pra me refazer - Sandy e Anavitória

Primeiro semestre de 2013.

O senhor Williams parou o carro em frente à U2 Arena, em Londres. Foi uma viagem de duas horas e meia, e eu ainda não conseguia acreditar que estávamos aqui. Na frente, os pais de Layla. Atrás, ela, eu e Fred. Era uma loucura, para mim, acreditar que eu havia concordado com isso. Em vir me apresentar em um reality show. Eu tinha contas a pagar e neguei um casamento para estar aqui hoje. Meu irmão deixou os estudos para nos acompanhar nesse momento.

Primeiro, Layla sugeriu que eu deveria me inscrever em um reality, mas não dei ouvidos a ela. Naquele dia, nos beijamos. Eu surtei, fiquei uns dois dias sem falar com ela direito. Respondendo suas mensagens sem puxar muito assunto. Evitando as ligações. Depois as coisas voltaram aos poucos, e não tocamos no tema beijo até ela retornar para casa, na semana seguinte.

— *Eu fiz uma coisa e preciso te contar, então pare o que está fazendo agora.*
Foi assim que ela me saudou quando abri a porta de casa.

Dois Corações

23

— Estou arrumando as coisas que vamos vender antes de entregar a casa.

— Sim, sim. Isso pode esperar. — Ela empurrou meu peito de leve, obrigando-me a entrar. Caminhou até a cozinha e se sentou em um dos bancos altos. — Antes de eu te contar, vamos falar sobre o que aconteceu no sábado passado.

Suspirei, sabendo exatamente do que ela queria falar. Sentei no banco ao seu lado, girei o meu e o dela para estarmos frente a frente.

— Do que exatamente você quer falar?

— Sobre o fato de eu ter te beijado e você ter correspondido. Muito.

Cocei a cabeça. Ah, caramba.

— Vamos esquecer aquilo, Lay. — Passei a mão no rosto, sem conseguir encará-la.

— Por quê? Você é o meu melhor amigo, não quero deixar as coisas no ar contigo. Preciso que tudo esteja ajustado, sem dúvidas.

— Lay, naquele dia eu disse que precisava ser o adulto da casa, apoiar meu irmão e que não podia me distrair. Neste momento, só consigo ser seu amigo. Só o que posso dar de mim é amizade. Apenas a possibilidade de ter um relacionamento com você e as coisas darem errado me deixou acordado dois dias, em total desespero.

— Eu não quero te perder de jeito nenhum, Mase, mas acho que temos algo promissor entre nós.

— Eu sei. Também acho. Porém não consigo investir nisso, Lay. Não estou pronto para um relacionamento agora. Preciso, no mínimo, resolver a minha vida antes de poder me doar para você ou para qualquer pessoa. E não vou arriscar a amizade de tantos anos que nós temos sem estar pronto para te dar o que você precisa.

— É, eu entendo… — Ela coçou a cabeça também, depois esticou a mão para pegar a minha. — Também não quero estragar a nossa amizade se não tivermos certeza de que queremos mais do que isso.

Concordamos que o melhor a se fazer era manter a amizade, não que aquilo estivesse sendo simples. Depois que provei seus lábios, a sensação de querer mais era persistente. Com o passar do tempo, comecei a me esquecer do seu sabor, mesmo que lá no fundo eu ainda soubesse que era o melhor que já provei.

24

Carol Dias

Isso nunca passaria.

Mas a questão era que Layla virou a página e colocou na cabeça que me faria entrar em um reality show. Começaram os anúncios para um novo programa, o Sing, UK. Era um formato que estava estreando na Inglaterra, após uma temporada de muito sucesso no Brasil. Ela me filmou em um ensaio com a banda, sem que eu soubesse, e enviou para o processo seletivo. Fomos chamados para o primeiro dia de apresentações, que aconteceriam em arenas do Reino Unido. A de melhor acesso para nós era a U2, em Londres.

E, embora quiséssemos fingir que o beijo era caso passado e não estava mais em nossas mentes, nossa cidade não nos deixou esquecer.

Alguém da escola nos viu, fotografou e espalhou as imagens em todos os grupos da nossa turma. Eu nem sabia por que continuava naqueles grupos, já que não estudava mais com eles. Porém, foi bom ver a merda começar a explodir e ter conseguido abafar antes que afetasse minha amizade com Layla.

— *O que nós vamos fazer com isso, Mase? A escola inteira está falando de nós* — *Layla falou por telefone, levemente em pânico.*

— *Lay, a gente não estuda mais com essa galera. Eu não dou a mínima para o que falam de mim, e você está na faculdade. Não deixe isso te afetar. Largue de mão.*

— *Ai, eu sei. Mas está se espalhando rápido demais, logo meus pais vão saber e pensar coisas. Tenho medo que a confiança deles em nós diminua.*

— *Sim, eu não tinha pensado nisso.* — *Se os pais de Layla achassem que éramos um casal, protetores como eram, poderiam não confiar em mim tanto quanto hoje.* — *Sei que você está na faculdade. Quando virá para casa?*

— *Só no fim de semana.* — *Suspirou.* — *Eu tenho dois trabalhos para apresentar.*

— *Você confia em mim?* — *A pergunta era praticamente retórica, pois não seríamos amigos há tanto tempo se não houvesse confiança.*

Dois Corações

25

— *Claro que confio, Mason.* — *Seu tom era levemente irritado. Talvez não comigo, mas sim com a situação.*

— *Eu vou falar com seus pais. Vou dizer que foi uma coisa de momento, mas que escolhemos nossa amizade. Tudo bem?*

— *Sozinho? Tem certeza?*

— *Sim, se você não se importar. Eu posso ir agora, assim eles não vão ouvir por outras pessoas.*

— *Você está certo.* — *Fez alguns segundos de silêncio.* — *Me liga quando chegar lá? Acho melhor se eu estiver junto, pelo menos por telefone.*

Sem mais delongas, fechei a porta do meu novo apartamento e fui para a casa dos pais de Layla. O pai dela estava descendo do carro quando encostei.

— *Senhor Williams? Podemos conversar por um minuto?*

— Qual número é o seu? — perguntei para Layla, logo que ela voltou para se sentar ao meu lado. Virando-se, mostrou o 0584.

— Mais de 500 pessoas na nossa frente, Mase. Por que mesmo a gente concordou em fazer isso? Nunca vamos passar.

Ri sozinho, pensando na ironia de tudo aquilo.

— Você pergunta para mim? Quem insistiu foi você.

— É, mas eu deveria ter feito você vir sozinho. Você é absurdamente talentoso, eu sou apenas afinada.

— Nós deveríamos ter formado uma dupla. — Dei de ombros. — Nossas vozes se encaixam muito bem.

— Não tivemos tempo de ensaiar e não quis te atrapalhar. Separados, temos duas chances em vez de uma.

— Você sabe que juntos somos muito melhores. — Escorreguei o corpo na cadeira, suspirando.

Não discutimos mais o assunto, conversamos sobre outras coisas. Fizemos um ao outro rir, tentando aliviar um pouco do estresse. Em certo ponto, fui chamado para gravar imagens e, em seguida, me apresentar.

Quando voltei à sala principal, havia um cara sentado com ela.

A primeira coisa que percebi foi que Layla estava interessada nele. Éramos amigos há muito tempo e eu sabia bem como ela flertava, como se comportava se sentisse algo por alguém. Há algum tempo vinha esperando que ela se mostrasse daquele jeito comigo, o que não ocorreu até a noite do cinema. Naquela vez, pulei na primeira oportunidade que tive, algo que nos trouxe ao momento em que estamos. Agora fiquei de longe, analisando sua linguagem corporal e admirando seu sorriso.

Quando decidi me mexer e voltar para onde ela estava, pelo menos para dar um oi, alguém da produção a chamou. Achei que o cara ficaria ali, mas ele foi até uma área de onde poderia ver a apresentação dela sem aparecer nas câmeras. Para mostrar meu apoio, juntei-me aos seus pais em uma sala onde a família via tudo pela TV.

Ela desceu do palco e, depois de falar com todos nós, afastou-se para conversar com o cara. Foi breve, algumas palavras trocadas, mas assisti de perto. Prestei atenção. Vi seu sorriso, seu olhar.

Sim, era melhor assim. Se Layla sentiu alguma coisa com o beijo, algo em relação a mim, conhecer alguém poderia frear isso. Ela se apaixonar por outro cara seria bom para a nossa amizade.

Eu só teria que aprender a lidar com isso.

Dois Corações

Quinto

You put your arms around me and I'm home. How many times will you let me change my mind and turn around? I can't decide if I'll let you save my life or if I'll drown.

Você coloca seus braços ao meu redor e eu estou em casa. Quantas vezes você vai me deixar mudar de ideia e dar meia-volta? Não consigo decidir se deixo você salvar minha vida ou se me afogo.

Arms - Christina Perri.

12 de agosto de 2019.

Meu celular tocou pela quinta vez enquanto eu corria na esteira. Erin de novo. Levemente irritado, diminuí o ritmo e atendi.

— Ei, mil desculpas por te incomodar. — Ouvi seu suspiro do outro lado. — Você tem notícias da Layla?

Pensei quando foi a última vez que falei com ela. Hm, sim. A mensagem há sete dias.

— Não nos falamos recentemente — comentei, sem entender ainda o que era o problema. — Estou dando espaço para ela, com tudo que aconteceu.

— É, eu também, mas ninguém tem notícia dela há sete dias. Era para termos saído ontem, com Mahara e mais algumas meninas, mas ela não apareceu. Estou preocupada.

Desde o término sem dar notícias. Poderia não ser nada, mas eu duvidava.

— Eu vou cuidar disso e te retorno.

— Obrigada, Mase.

Desliguei a chamada e finalizei minha corrida. Na sequência, deixei a academia, discando de imediato o seu número.

Chamou, chamou, chamou. Caiu na caixa de mensagens.

28

Carol Dias

Suspirei, abrindo o WhatsApp. A última visualização foi no dia 5 de agosto. Liguei para os seus pais.

— Ei, senhora Williams. Tudo bem?

— Mase, querido — cumprimentou, o tom leve. Não parecia que sua filha estava desaparecida nem nada do tipo. — Estou ótima, obrigada por perguntar. Como você está? No que posso ajudar?

— Hm, eu estou tentando falar com a Layla, mas ela não atende. — Tentei manter o tom o mais leve possível, para não a alertar de nada. — A senhora sabe se ela está em Londres ou aqui em Bristol?

— Faz alguns dias que eu falei com ela, depois que me contou que tinha terminado com Owen. Convidei-a para vir aqui, mas ela disse que teria algum compromisso em Londres e não podia vir. — Fez uma pausa, pensativa. — Aconteceu alguma coisa?

— Não, nada — apressei-me em responder. — O celular deve estar longe. Vou tentar ligar de novo depois.

O prédio onde eu malhava era na rua atrás da minha casa, então sempre fiz o trajeto a pé. Quando cheguei, tomei um banho rápido e fui para o meu carro. Layla deveria estar em casa, e eu felizmente tinha uma chave.

O trajeto entre Bristol e Londres era longo, mas nunca me incomodei em fazê-lo. Minha cidade natal era importante para mim, sempre foi. Morei lá desde pequeno e me mudei da casa de família para um pequeno apartamento, após a morte de nosso pai. Quando a banda venceu o programa, tivemos de viver em Londres obrigatoriamente. Ao fim do contrato, alguns dos meus amigos escolheram namorar, falar sobre a sexualidade e outras coisas. Eu escolhi me mudar.

Freddy continuou em Bristol, morando na mesma rua dos Williams, enquanto eu estava em Londres. Ele não gostava da atenção da mídia e, para ser sincero, não me lembrava de falar muito sobre ele em entrevistas. Poucos sabiam sobre o meu gêmeo. Freddy preferiu a vida tranquila na cidade, como pesquisador de sua universidade. Morou no campus até que eu pude retornar para cá, quando voltamos a dividir o teto. Minha nova residência era grande demais para apenas uma pessoa, e fiquei muito feliz de ter meu irmão comigo de novo.

Decidi ligar para ele, já que eu não sabia bem o que encontraria em Londres. Precisei esperar até o sexto toque para ser atendido, mas estava acostumado. Freddy era sempre assim, se estivesse no trabalho.

— Rápido, antes que Loraine destrua minhas amostras — pediu assim que atendeu.

Dois Corações

29

— Estou indo para Londres, porque Layla não dá notícias há sete dias.

— Falei com ela hoje de manhã. Vá mesmo, ela está precisando de um ombro.

Respirei aliviado. Meu irmão era uma caixinha de surpresas, mas pelo menos a notícia era boa.

— O que aconteceu?

— Ela está bem chateada pelo término com Owen. Não vou te contar mais do que isso.

Bufei. Assim como minha amizade com Layla era forte, a dele também era. E Freddy não me contava sobre as conversas que tinham sem mim.

— Achei que a lealdade aos irmãos deveria vir antes das mulheres.

— Layla é minha irmã também. Nesse caso, primeiro as damas. Posso trabalhar agora?

Neguei com a cabeça, sabendo que era caso perdido.

— Sim. Eu...

Antes que pudesse completar, a ligação foi encerrada. Esse era Freddy, um poço de sutileza.

Meu irmão sempre foi uma criança quieta. Ele não era bom em se comunicar e falar com outras pessoas. Meus pais consideraram que era por conta de sua doença e de suas fragilidades. Anos depois, com Freddy já adulto, eu duvidava. Na minha cabeça, havia alguma coisa que fazia meu irmão ser tão introspectivo, mas ele não foi diagnosticado enquanto crescia e agora não pensava mais nisso. O importante para mim era que ele estava bem, com saúde. Eu só queria ver meu irmão feliz, e isso ele parecia estar. Até um romance com sua colega de laboratório, Loraine, eu acreditava que ele estivesse vivendo. Freddy não assumia, mas era óbvio que gostava dela.

Fiz o caminho até Londres de pé embaixo. A estrada estava vazia, e minha atenção, totalmente focada. Ao parar em frente ao prédio em que Layla vivia, tentei ligar mais uma vez.

Sem sucesso.

O porteiro me conhecia e liberou minha entrada, mas quis anunciar primeiro. Para me tranquilizar, ela respondeu ao interfone.

— Perguntou se você trouxe sua chave — falou o homem, repassando a mensagem. Acenei e eles trocaram algumas palavras. — Pode subir.

A porta dela estava fechada, como esperado, e entrei em silêncio. Após girar a chave na fechadura, chamei seu nome. Três vezes, mesmo sem resposta.

Fui lentamente pelos cômodos, olhando para ver se a encontrava, até parar na porta do quarto, que estava entreaberta. Empurrei devagar, vendo-a sentada perto da janela.

— Ei — chamei baixinho.

— Ei — respondeu sem me olhar.

Entrei no quarto, puxei a cadeira giratória da frente do computador e empurrei até perto dela. Sentei-me.

— Está tudo bem?

Com uma risada sem graça, respondeu:

— Defina bem.

Foi uma pergunta idiota, afinal, era claro para qualquer um que ela não estava bem.

— Achei que você precisava de espaço, mas não conversamos há uma semana e você não tem falado com seus amigos ou com sua mãe. Quer me contar o que está acontecendo?

— Terminei com Owen.

— É, você meio que contou para o mundo. — Apoiei os cotovelos nos joelhos, tentando entender exatamente como chegar até minha amiga. — Está arrependida?

— Não — respondeu de imediato. Um riso sem humor se seguiu. Finalmente ela se virou para mim. — Foi a coisa certa.

Seu olhar parecia perdido, seus ombros estavam caídos. Layla imitou minha postura, a cabeça abaixada. Arrumei a cadeira para nossos joelhos ficarem alinhados, tocando o seu com a ponta dos dedos.

— E por que você está se isolando aqui?

— É a minha casa, Mase. — Ergueu o olhar para o meu rapidamente. — Não estou me isolando.

— Lay, amor. Não faz assim. — Estiquei as mãos para as suas, segurando-as entre as minhas. — É comigo que você está falando. Seu amigo Mason.

Ela abaixou a cabeça até encostar no meu peito. O choro veio logo.

Mantendo uma das mãos na dela, levei a outra ao seu cabelo e deixei meus dedos enveredarem pelos cachos macios. Beijei o topo da sua cabeça, tentando lhe dar algum conforto. Tentando nos levar de volta para os anos de amizade em que éramos apenas dois adolescentes.

Pensar nisso me deu um estalo. Levantei-me, trazendo-a comigo. Peguei dois travesseiros de sua cama e joguei sobre o tapete, deitando-me sobre um deles. Layla entendeu de imediato, pois me acompanhou. Estiquei o

DOIS CORAÇÕES

braço sobre o travesseiro dela, e minha amiga usou meu peito como apoio. Puxei o celular do bolso e coloquei o *Lovestrong*, da Christina Perri — o CD favorito dela naquela época —, quando ficávamos deitados no chão do seu quarto, ouvindo música e conversando. Em vez de esperar todas tocarem, comecei por "Arms", que era a sua favorita. Como dizia a música, esperava que ela pudesse se sentir em casa nos meus braços.

Depois de um tempo, algumas faixas e várias lágrimas, Layla se sentou e virou em minha direção. Continuei deitado, apenas a encarando. Sabia que só precisava dar tempo a ela antes que estivesse pronta para falar, e foi o que aconteceu.

Nós nos conhecíamos desde as fraldas, eu sabia ler seu comportamento.

— Não estou assim por ter terminado com Owen. Foi a coisa certa a se fazer — reafirmou, secando o rosto e colocando alguns fios de cabelo no lugar. — Estou assim porque não sei mais quem eu sou. — Deu de ombros. — No dia depois que fizemos o post, eu levantei e percebi que, em todos esses anos, desisti de mim.

Suas palavras me chocaram, mesmo que não devessem ser novidade. Layla embarcou conosco nesse sonho, mas foi se perdendo ao longo do caminho.

— Eu larguei a faculdade para acompanhar vocês. Aceitei não prosseguir com a carreira na música. Priorizei a vida de "namorada de famoso" e me esqueci de mim. Quando acordei naquele dia, pensei no meu futuro e não me vi. — Ela encontrou alguns fios na barra da camisa que pareciam muito interessantes, pois seus olhos focaram lá e desviaram poucas vezes para o meu rosto. — Não sei mais quem eu sou e estou há sete dias tentando pensar nisso, mas só faço chorar.

Sentei no chão, acenando. Dobrei os joelhos na minha frente e segurei com os braços.

— Duas cabeças pensam melhor do que uma. Posso te ajudar nisso, se quiser.

Ela me encarou profundamente. Os olhos estavam tristes, cansados, mas neles eu vi a minha melhor amiga, que há tempos estava desaparecida.

— Quero ir embora daqui. Voltar para Bristol. É a única coisa que decidi até agora.

— Tenho pelo menos oito quartos vagos na minha casa. Pode ficar por lá enquanto se decide — sugeri, dando de ombros. — Preciso de ajuda para descobrir se Freddy está namorando a Loraine ou não.

32

Um sorriso mínimo surgiu em seus lábios.

— Ele está, só não se sente pronto para admitir ainda. Nem para você, nem para a própria Loraine.

Balancei a cabeça, incrédulo.

— Preciso ensinar ao meu irmão alguma coisa sobre relacionamentos.

Dessa vez, consegui arrancar uma risada de Layla. Rápida, mas, ainda assim, uma risada.

— Você não sabe nada sobre relacionamentos, Mase. — Ela se deitou no tapete novamente, gesto que imitei. — A última pessoa que pode aconselhar alguém é você.

Ah, sim, bom ponto.

Sexto

E até o tempo passa arrastado só pra eu ficar do teu lado. Você me chora dores de outro amor, se abre e acaba comigo. E nessa novela eu não quero ser teu amigo.
Preciso dizer que eu te amo - Cazuza

17 de agosto de 2019.

Encostei a porta de Layla às minhas costas, pegando as várias caixas que deixei no chão.

— Ei, cheguei — avisei, tentando descobrir onde ela estava, mas não tive respostas.

Passei pela sala, em direção ao seu quarto, esperando que ela ainda estivesse lá. De fato ela estava, com as pernas cruzadas uma sobre a outra, cercada por milhares de caixas. Porém, em vez de empacotar objetos, seus braços se encontravam sobre uma delas, fechada, segurando o celular. O rosto todo franzido denunciava que algo na tela a tinha desagradado.

— Ei — chamei sua atenção.

— Olha a bunda dessa aqui. — Virou o celular na minha direção, mostrando a foto de uma garota de biquíni. Realmente, a peça era apenas um recorte de tecido, e o ângulo da imagem dava destaque às nádegas da moça. — Sério, é uma mais gostosa que a outra.

Suspirei, pensando na fila de corpos que Owen estava deixando em terras brasileiras.

— É, mas ninguém supera seu molho bechamel — brinquei, deixando as caixas no chão. Layla apenas me encarou, o rosto em uma carranca. — Vai usar essas aqui ou na cozinha?

— Na cozinha. As daqui vão ser suficientes. Mas só para deixar claro que não dou a mínima para com quem Owen está fodendo. A questão é que ele não escolheu uma feia ou fora do padrão. O que isso faz de mim?

Parece que ele está focado em encontrar alguém mais gostosa do que eu a cada noite. Como se procurasse um modelo melhor.

Como eu diria para a minha melhor amiga que não existia mulher mais gostosa que ela?

— Lay, você sabe que não é isso. Owen não está transando com essas garotas porque elas são uma versão sua mais avançada. É você quem está se diminuindo em comparação a elas, quando é tão bonita quanto. Até mais, dependendo de para quem você perguntar.

— Você é meu amigo, está tentando me tranquilizar e eu agradeço, mas não precisa. Eu tenho espelho em casa.

Rolei os olhos, sabendo que seria difícil argumentar. Só queria que Layla encontrasse um cara que soubesse valorizar o rosto perfeito, o sorriso sincero, o corpo matador e o cérebro sagaz dessa mulher.

— Pare de ficar vendo as fotos da viagem do Owen, porque ele ainda vai pegar muita gente e isso só está te machucando.

— Essa é a questão, Mase. O que está me machucando não é o fato de Owen estar encontrando alguém mais gostosa que eu. Estou feliz de verdade por termos nos separado.

Percebendo que a conversa seria mais longa que o esperado, sentei perto dela entre as caixas, nossos joelhos quase se tocando.

— O que te fez chegar a essa conclusão?

— Essa porra desse relacionamento há meses só me machucava, Mase. Caramba, tinha horas que era difícil respirar. Odiava me sentir a última opção na vida do Owen. Odiava me sentir a última opção na minha própria vida. Eu simplesmente desisti de mim e estava apenas sobrevivendo, quando deveria estar aproveitando minha juventude, realizando sonhos e indo atrás do meu futuro. Tudo isso por um único homem. — Bufou, parecendo brava e irritada.

É, eu entendia o lado dela.

— O importante é que agora você sabe o que quer, vai terminar a faculdade e voltar a andar com as próprias pernas.

— Sim, isso é bom pra caramba. Mas ainda não sai da minha cabeça que eu não o amava mais há meses, sabia disso *lá no fundo*, porém não fui capaz de seguir em frente. Não quero isso nunca mais. Quero virar essa página e nunca mais repetir esse capítulo. Com o próximo homem com quem eu me relacionar, quero entrar com outra cabeça. Me priorizando.

Sorri, triste, mesmo tentando esconder.

Dois Corações

— O próximo homem com quem você vai se relacionar é um sortudo, pois vai encontrar um mulherão que sabe o que quer.

— Espero que ele saiba da sorte que tem e não desperdice isso.

Ela jogou a cabeça para trás, encarando o teto. Parecia cheia de complicações na mente, coisas que eu nem sabia por onde começar a desvendar.

— Vou garantir que ele saiba que tem material precioso nas mãos, quando o momento chegar.

Ela riu, escondendo a face nas mãos. Quando me olhou de novo, uma lágrima descia por seu rosto.

— A outra coisa que percebi nos últimos tempos é que sei exatamente quem eu gostaria que fosse esse próximo sortudo. Sei exatamente com quem eu quero dividir minha vida em um relacionamento, mas não posso. De jeito nenhum.

— E por que não? — indaguei, estranhando não ter a remota noção de quem seria.

Layla tinha um novo interesse amoroso, e eu era um amigo tão afastado que nem sabia quem era.

— Nunca daria certo, apesar de meu coração querer que sim. — Encolheu os ombros, secou o rosto e largou o celular de lado. — Vou terminar isso aqui, essa mudança não vai se fazer sozinha — trocou de assunto.

— Eu vou começar na cozinha.

Boa parte das coisas de Layla estava indo para um depósito. Móveis e utensílios principalmente. Os planos dela para si mesma eram grandiosos, mas seriam tomados com cautela. Ela pretendia morar comigo até o fim do verão, quando retornaria para a faculdade. Felizmente, a Universidade de Bristol abriu suas portas para a minha amiga. Sua matrícula em Oxford foi trancada anos atrás e até acredito que ela poderia retornar, já que não a excluíram do quadro de alunos, mas ela queria viver na cidade novamente, perto dos pais.

Encaixotei metade das coisas da cozinha até ela chegar para me ajudar. Após mais um dia inteiro de trabalho, faltava bem pouco para terminarmos. O que era bom, já que o caminhão da mudança viria pela manhã.

Eu estava desparafusando um dos armários da parede, e ouvi meu celular tocando no minuto em que fiz uma pausa na barulheira para tomar água. Levantei para buscar. O número no visor era desconhecido, mas com o código de área de Bristol. Decidi atender.

— Olá, poderia falar com Mason Prather?

36

Carol Dias

A mulher do outro lado parecia tranquila, mas seu tom de voz era sério.

— Sou eu. Quem gostaria?

— Senhor Prather, boa noite. Aqui é Olivia Thomas, do Hospital Universitário de Bristol. Seu irmão Fredderick Prather deu entrada há algumas horas e... O senhor deveria vir aqui.

— O que aconteceu? Fred está bem?

— Ele está na sala de cirurgia e deveria ter vindo com um acompanhante, mas deu entrada sozinho. Ligamos para confirmar que o senhor ou alguém da família virá até aqui quando ele tiver alta.

— Cirurgia? O que aconteceu?

— Hm, sinto não ter informações profundas para fornecer, mas o procedimento que ele está realizando é uma tireoidectomia. A causa não foi explicitada em seu relatório. Compreendo que o senhor não estava ciente da operação.

O chão se abriu debaixo dos meus pés. A tristeza me dominou sorrateiramente, subindo por cada nervo do meu corpo. Eu não sabia por onde começar. O que fazer. O que pensar. Meu irmão tratou câncer por toda a sua infância e, depois disso, fazia acompanhamento periodicamente, mas há anos os exames não nos causavam dores de cabeça. Tireoidectomia era um nome desconhecido para mim, mas eu tinha uma vaga ideia. E agora essa palavra, em um estalar de dedos, trouxe o peso do câncer de volta. A saúde frágil de Fred encontrou caminho nas nossas vidas outra vez.

— Ele não me falou nada.

— Lamento. Se o senhor puder vir ao hospital, um médico lhe dará um relatório completo e poderá esclarecer suas dúvidas.

— Estou um pouco longe, a duas horas de distância, mas vou pegar a estrada agora. Posso falar com meu irmão?

— No momento não é possível, pois está em cirurgia, mas venha e permitiremos sua entrada.

— Chegarei o mais breve possível.

De olhos arregalados, deixei o telefone sobre a bancada da cozinha. Senti as paredes se aproximando cada vez mais e ficou difícil respirar.

— Mase, o que está acontecendo? — Layla me chamou, mas não consegui falar com ela. Apenas virei o rosto em sua direção. — Mase, fala comigo.

Concentre-se, Mason. Seu irmão precisa de você.

— É o Fred — cuspi. — Preciso ir para Bristol.

𝔇ois ℭorações

37

— Ei, calma. O que aconteceu?

Comecei a me mover pela casa, buscando minhas coisas. Celular, carteira, chaves.

— Ele está no hospital, em cirurgia. Preciso ir até lá para saber exatamente o que está acontecendo — expliquei, conforme Layla me seguia.

— Pelo amor de Deus, Mason. Tem a ver com o câncer dele?

Incapaz de responder, fui em direção à porta. Precisava pegar meu carro, cair na estrada. E ver meu irmão.

— Mase, espera. Fala comigo.

Parei por um momento, lembrando-me de ser educado. De fato, ela merecia mais explicação.

— Eu não tenho mais informações do que isso, Lay. Preciso chegar ao hospital para saber mais. Desculpa te deixar na mão. Aviso assim que tiver mais notícias.

— Eu vou com você.

— Não, fique. Você precisa organizar tudo para a mudança amanhã. — Suspirei, pensando no que ainda havia para se fazer aqui. — Vou ligar para o Noah e pedir para ele vir te ajudar.

— Não se preocupe comigo. Falta pouco aqui. Assim que terminar, volto para Bristol também, mas me dê notícias assim que souber de algo.

Assenti, abrindo a maçaneta. Layla balançou a cabeça, veio em minha direção e me abraçou.

— Vai ficar tudo bem — disse, tentando confortar nós dois.

— Sim, vai sim.

Sétimo

Oh, if the sky comes falling down, for you, there's nothing in this world I wouldn't do.
Ah, se o céu estivesse desmoronando, por você, não há nada neste mundo que eu não faria.
Hey Brother - Avicii

17 de agosto de 2019.

Cheguei ao hospital em uma hora e vinte. Nunca pisei tanto no acelerador quanto hoje.

O que me atrasou foi a ligação para Noah. Fui breve, apenas avisei que meu irmão estava no hospital, disse que me afastaria por algum tempo dos compromissos da banda e pedi que ajudasse Layla com a mudança. Ele quis conversar sobre alguma notícia que estava na internet, mas cortei, dizendo que estava dirigindo. Sua resposta foi que ligaria para ela. Estava bom para mim. Ele a ajudaria a terminar a mudança e ela daria as informações que eu tinha para repassar, mesmo sendo poucas.

Na recepção, procurei por meu irmão.

— Oi. Recebi uma ligação informando que meu irmão está internado aqui. Fredderick Prather.

A mulher me deu um sorriso amarelo e olhou para uma de suas companheiras, sentada à esquerda do balcão.

— Liv, pode atender o rapaz? Acredito que ele deve ter recebido a sua ligação.

"Liv" levantou o olhar da tela do computador e me encarou. Ela abriu um sorriso meio sem graça também e se ergueu.

— Senhor Prather? Sou Olivia Thomas. Conversamos por telefone.

— Obrigado — falei para a primeira recepcionista, andando até Olivia. — Olá, senhora Thomas. Vim o mais rápido que pude.

Dois Corações

— Agradeço por isso. Seu irmão ainda está em cirurgia, mas conseguimos contato com seu oncologista. Ele estava listado na ficha. Está terminando um atendimento e vai recebê-lo para falar sobre o caso de Fredderick. Se puder me acompanhar, eu o levarei até o consultório.

Sem perder tempo, esperei que ela saísse de trás do balcão e a segui. Fomos até um corredor de consultórios que eu conhecia bem. Apesar de meu irmão estar crescido, vim a algumas consultas com ele nos últimos anos e me lembrava do local. Após bater à porta da sala, ouvi a voz do médico nos convidando a entrar.

— Mason, é bom vê-lo.

— Doutor Raymond, obrigado por me receber. — Caminhei até ele e apertei sua mão.

— Doutor, por favor, ligue se precisar de alguma coisa — Olivia pediu, retirando-se.

— O senhor pode me dizer o que está acontecendo com meu irmão? — questionei, sentando-me na cadeira que ele apontou.

— Claro, posso sim, mas esperava tê-lo visto em meu consultório há algumas semanas.

Encarei-o, confuso.

— Desculpe, eu não fiquei sabendo. Na verdade, nem soube que meu irmão se consultou com o senhor nos últimos tempos.

Ele suspirou, seu rosto ganhando compreensão.

— Há seis semanas, seu irmão veio para uma consulta de rotina. Ele trouxe alguns exames, que constataram células cancerígenas em seu corpo. Estamos nos vendo semanalmente desde então, para acompanhar e decidir o que devemos fazer.

Puta que pariu, Fred. Por que você não me contou?

— Fred me falou sobre a consulta e disse que estava tudo sob controle. — Minha voz estava trêmula e eu não sabia como estabilizar. — Ele não me falou de células cancerígenas. É a leucemia de novo?

— Não, meu caro. A leucemia do seu irmão nunca mais retornou. Isso é o que chamamos de segundo câncer. Não é incomum, pode acontecer. Optamos pelo procedimento cirúrgico para que ele não precisasse sofrer com quimio ou radioterapia, e porque nos daria uma certeza maior de tirarmos qualquer célula infectada.

— Se não é leucemia, o que é?

— É um câncer de tireoide, por isso ele está em uma tireoidectomia.

40

Carol Dias

Que inferno, Fred. Por que estava me escondendo isso, irmão?

— Quais são as nossas chances, doutor? — indaguei, precisando de informações práticas no momento.

— São boas. A resposta costuma ser positiva e seu irmão está sendo acompanhado pelos melhores do país. O procedimento cirúrgico já vai terminar e pretendo ver como ele está, mas acredito que nossas chances são boas.

— Caramba, isso dá um alívio — murmurei. — O que posso fazer para ajudar?

— Suporte, Mason. Seu irmão vai precisar de suporte para passar por tudo isso de novo, ainda mais considerando ser o segundo câncer que ele enfrenta.

— Ele tem todo o meu apoio, doutor. Vou fazer o que for preciso. Não vou sair do lado dele.

Depois de mais uma sequência de dúvidas, saí da sala do doutor Raymond me sentindo ligeiramente preparado para enfrentar a doença ao lado do meu irmão. O médico explicou que, se a cirurgia desse certo, o pós-operatório duraria quinze dias. Na sequência, ele começaria a tomar remédios para substituir os hormônios produzidos pela glândula e teria de fazer isso pelo resto da vida.

Apenas mais uma caixa de remédios na lista do meu irmão.

Fred faria exames e talvez tivesse de tomar iodo após um mês da cirurgia, mas tudo isso ocorreria apenas se a operação fosse um sucesso. Naquele momento, era a única coisa em que eu conseguia pensar.

Voltei para a recepção, onde encontrei Olivia. Ela me orientou a aguardar ali até o fim da cirurgia, que não deveria durar muito mais.

— Nós vamos avisar e permitir sua entrada para visitação assim que possível, mas antes o cirurgião virá falar com você.

Agradeci e sentei-me em um dos bancos de plástico. Meu celular vibrou no bolso e o peguei, percebendo que não era a primeira mensagem que recebia, sem nem ter notado. Boa parte delas era de Layla, apesar de haver algumas de Erin e dos demais membros da banda, com exceção de Owen.

Olhei primeiro as mensagens de Layla, que pediam que eu desse notícias. A mais recente, por outro lado, pedia que eu ligasse com urgência para ela. Não querendo deixá-la nervosa por mais tempo, toquei em seu nome para iniciar a chamada.

— Ei, que bom que você ligou — ela disse logo no primeiro toque.

Dois Corações

Ouvi o barulho da porta de um carro bater.

— Eu estava na sala do médico, tirando minhas dúvidas. Fred descobriu um câncer na tireoide há alguns meses, mas não me falou nada. Ele te disse algo? — questionei, lembrando-me de que a amizade deles parecia mais firme que a nossa recentemente.

— Não, ele não falou nada. Meu Deus, como Fred está?

— Na cirurgia. — Suspirei, querendo arrancar a cabeça do meu irmão por um minuto. — Deve sair em breve, mas conversei com o oncologista que o acompanha. Felizmente, ele me tranquilizou. Disse que não é um câncer tão agressivo e que essa cirurgia deve resolver. Acredita que só fui avisado porque Fred precisa de um acompanhante quando tiver alta?

— Acredito. — Bufou. — Será que ele avisou Loraine, pelo menos? Talvez não quisesse te preocupar.

— Como? Nós dois vivemos na mesma casa. Eu teria que saber em algum momento. E estou na Inglaterra há bastante tempo, não é como se estivesse viajando feito louco. Ele deveria ter me contado.

— Você sabe que Fred não quer ser um peso.

— Lay, pelo amor de Deus! Ele é meu irmão, não um peso! — exclamei, um pouco bravo.

— Ei, eu sou só a mensageira. Comentei, pois seu irmão é assim há tempos. Escuta, Erin vai liberar a mudança amanhã de manhã e eu estou indo para Bristol. Onde você está? No hospital ainda?

— Sim, vou ficar aqui com Fred após o procedimento. Não precisa vir, pode ficar e resolver as suas coisas.

— Nem pense nisso, homem. Eu quero ajudar. Não me afaste. Mas preciso te dizer outra coisa.

— E o que é?

— Quando Noah e Erin me ligaram para falar sobre Fred, tinha várias chamadas perdidas deles. Não recebeu no seu telefone?

— Eu nem reparei. Só disquei o número do Noah para dar o recado e agora abri as mensagens, mas fui direto nas suas.

— É, eles estavam tentando falar com a gente, porém ficamos tão focados na mudança, que nem percebemos.

De fato, só ouvi a ligação do hospital porque senti sede.

— Mas o que eles queriam? Chegaram a dizer?

— Parece que saiu uma matéria sobre nós dois na mídia. Uma história de como namoramos na adolescência, com aquela nossa foto do beijo.

E que continuamos juntos pelas costas do Owen em todos esses anos, com mais fotos nossas abraçados e outras coisas. Para terminar, uma foto nossa recente, daquele dia em que a gente foi comer hambúrguer, em um ângulo que parece que estávamos nos beijando.

— Puta que pariu.

— É, puta que pariu.

Era só o que me faltava, irmão. No meio de tanta confusão, uma dessas.

— É sério, Lay? Nós dois traindo o Owen?

— Amigo, a história e as imagens parecem bem convincentes. Noah disse que Owen está vindo para cá para conversar com a gente.

— Ele acreditou na história? — questionei, incrédulo.

Ah, cara. Isso é sério?

— Não sei, a notícia que eu tenho é que ele está vindo.

— Não acredito, Lay. No meio dessa chuva de merda, eu tenho que me preocupar com a imprensa causando crise na minha banda. Não acredito que Owen acreditou nisso.

— Eu vou te mandar a matéria e você vai ver. Parece mesmo que estamos nos beijando na foto. Acho que entendo o lado de Owen.

Fiquei em silêncio, sem conseguir proferir palavras que não fossem ofensivas. Layla não precisava me ouvir xingar e reclamar com o mundo.

— Sinto muito por te preocupar com isso, Mase. Você não tem culpa dessa chuva de merda que a imprensa jogou em mim e no Owen.

— Lay, não é nada disso. Se alguém não tem culpa aqui é você, poxa. Owen e eu recebemos esse ônus por fazer o que amamos. — Suspirei de novo, coçando a cabeça. Que ódio. — Eu só não queria lidar com essa merda, com a desconfiança de um dos meus melhores amigos, tendo que servir de apoio para o meu irmão.

— Eu sei, também não queria isso para você. É por isso que não vou te deixar sozinho. — Ouvi um carro ser ligado. — Vou dirigir para Bristol agora, chego em duas horas. Não adianta dizer que não precisa, eu vou e pronto. E vou avisar aos meus pais, para eles irem para o hospital quando puderem. Você e Fred são nossa família, não se esqueça disso.

Ah, sim. Sempre foram e sempre serão.

— E nós vamos resolver essa situação com Owen. Confie em mim.

— Cegamente.

Desligamos a chamada. Logo na sequência, outra mensagem de Layla surgiu, com um link. Era a tal da matéria.

Dois Corações

Bem ruim, por sinal. Consegui entender um pouco por que Owen ficaria com a pulga atrás da orelha, pensando se eu tinha feito aquilo de verdade. Seria uma traição sem tamanho, não apenas por parte da namorada do cara, mas também por um amigo e colega de banda. Eu não tinha o direito de desejar a mulher que ele amou por tantos anos, quanto mais de ter um caso com ela por suas costas.

Droga, Owen merecia uma boa explicação. Mas que *timing* ruim do caralho.

Olhei no fundo dos olhos de Fred, querendo arrancar o couro dele, mas ao mesmo tempo precisando de um abraço. Precisando segurar meu irmão perto de mim para ter a certeza de que passaríamos por isso juntos.

— Não era para você estar aqui — proferiu logo que me viu. Parecia cansado.

— Por que você resolveu fazer isso sozinho, Fred? Por que me excluiu?

— Eu já te dou bastante trabalho. Não havia nada que você pudesse fazer agora.

Suspirei, sentindo-o me afastar física e emocionalmente.

— Como você esperava sair daqui sem um acompanhante?

— Disse para a Loraine que precisava de uma carona amanhã, que avisaria por mensagem. Ela concordou em me buscar.

— Loraine sabia da cirurgia?

— Não — declarou. — Ela só sabia da carona.

Teimoso do caramba.

— Não faça mais isso, Fred. Porra. Sou seu irmão. Estamos juntos para o que der e vier. Só temos um ao outro. Por favor, não me afaste assim. — Meu tom foi duro, mas era necessário para que ele me entendesse. Para que me respeitasse.

— Não use o seu tom de pai comigo — rebateu. Ele se mexeu na cama, afastando o olhar. — Você é meu irmão e eu sou adulto. Não preciso

te contar tudo da minha vida. Você não tem que tentar ser meu pai. Eu já tive um e não quero outro.

— Para! — exigi. — Esqueceu que eu tive o mesmo pai que você? A mesma mãe? Bom, não tenho mais nenhum dos dois. Só tenho você. E não quero te perder, nem para a doença, nem para a sua teimosia. Não estou tentando ser o seu pai. Estou tentando ser uma pessoa que se importa. Um irmão que se importa.

Fred estava com o rosto virado, mas comecei a ver seu tronco tremer e a primeira lágrima que escorreu. Logo ele estava chorando em grande quantidade, escondendo a face entre as mãos. Suspirando, sentei ao seu lado na cama e o abracei como pude. Comecei a chorar também, porque aparentemente eu precisava.

Não era pela briga, mas sim pelo acúmulo. Pelo medo de perder meu irmão, de ficar sozinho no mundo. Pela dor por vê-lo se afastar.

— Eu não quero morrer, Mason — soltou em um tom choroso.

— Você não vai morrer. A cirurgia vai resolver tudo.

— Sinto muito por não ter sido um bom irmão para você em todos esses anos.

Afastei-me do seu abraço, franzindo o cenho.

— Você foi um ótimo irmão todos esses anos.

Ele negou com a cabeça.

— Nós temos a mesma idade, mas você sempre foi o mais velho. Por dentro, anos mais velho. Cuidou de mim quando a mamãe morreu, me protegeu do nosso pai. Eu sei que me poupou de muita coisa. Sei de todas as agressões que passou na mão dele, para que não sobrasse para mim. — Ele secou as lágrimas, balançando a cabeça em total negação. — E, depois que ele morreu, você assumiu tudo. As despesas, os problemas. Nunca precisei me preocupar com nada, pude ser egoísta e só estudar, porque você cuidou do que precisava ser cuidado. Não quero mais que se preocupe comigo, Mason. É hora de você finalmente viver a sua vida.

— Escuta, não foi assim. Você estava doente quando éramos crianças, eu só queria diminuir seu sofrimento. Não era justo que ele abusasse de você, que já sofria com o câncer.

— Não era justo que ele abusasse de você também, mano.

Eu sabia daquilo. Sabia, sim. Todas as dores que carreguei, pelo que meu pai por anos fez comigo, eram conhecidas minhas. Porém, não deixei que aquilo me definisse. Meu pai levou minha infância e adolescência, eu não permitiria que levasse a juventude também.

Dois Corações

— O pai está morto. Não pode fazer nada contra nós agora. O que passou, passou. Não foi justo, mas não vai acontecer de novo. — Enchi os pulmões de ar mais uma vez antes de prosseguir: — Assumi tudo depois da morte dele porque era você quem tinha maiores chances de vencer na vida pelo estudo. E você venceu. Se a banda não tivesse surgido na minha vida, hoje eu estaria estudando e você cuidaria de mim financeiramente, porque é a porra de um gênio. E por ser a porra de um gênio, coloque essa cabeça para funcionar. — Segurei seu rosto entre as mãos. — Eu sempre vou me preocupar com você. Sempre. Então facilite a minha vida e pare de esconder as coisas, assim não preciso me preocupar tanto.

Fred me puxou para um abraço de novo.

— Desculpa, mano.

— Desculpo. Mas promete que vai me manter a par do tratamento?

Enquanto ele acenava, concordando, senti meu celular vibrar no bolso. Era Layla, avisando de sua chegada ao hospital.

— O que ela está fazendo aqui?

— Eu avisei que ela vai se mudar — comentei, sentando na poltrona ao lado da cama. Layla estava a caminho, passando pela recepção.

— Sim, mas ela não precisa vir aqui.

Ah, Fred... Sim, ele aceitou que eu participasse disso, mas uma nova discussão começaria para permitir que Layla ajudasse também.

— Lay sempre foi uma irmã para nós — pontuei. — Se você deixou este irmão teimoso e estragado ficar com você, vai ter que deixar outras pessoas que te amam também.

Ele bufou, esfregando o rosto.

— Tenho que avisar para Loraine que ela não precisa mais vir, ou será mais uma querendo ajudar.

— Claro. Sua namorada vai querer segurar na sua mão.

O olhar que ele me lançou decretou aquilo que não iria dizer: Loraine poderia não ser sua namorada ainda, mas ele queria. A cara de puto demonstrou.

OITAVO

I found you in my darkest hour, I found you in the pouring rain, I found you when I was on my knees and your life brought me back again. Found you in a river of pure emotion. I found you, my only truth.

Encontrei você na hora mais escura, encontrei você na chuva, encontrei você quando eu estava de joelhos e sua vida me trouxe de volta novamente. Encontrei você em um rio de pura emoção. Encontrei você, minha única verdade.

I found you – The Wanted

18 de agosto de 2019.

Erin me avisou que toda a Age estava a caminho de Bristol, hospedada em um hotel; exceto Finn, que ficou no Brasil. Só que isso incluía Owen.

Sim, Owen estava voando do Brasil até aqui.

Seria bom falar com ele sobre toda a situação da traição, mas eu bem que queria alguns dias para ficar com meu irmão. Ela me contou quando ele chegou ao aeroporto, então eu saí do hospital e fui para casa. Layla ficou lá com ele por dois motivos: Fred poderia ter alta a qualquer momento e eu queria conversar com Owen sozinho.

Se Layla estivesse lá para a nossa conversa, eu tinha medo de que ele a atacasse com a questão da traição. Ela não merecia isso. Eu provavelmente levaria um soco, depois ouviria alguns xingamentos, mas poderia acalmá-lo em algum momento.

Mas não só Owen era meu convidado. Quando cheguei em casa, Noah, Kalu e Dave se encontravam lá.

— Erin ficou no hotel e virá com Owen e Kenan mais tarde — avisou Noah, logo que entrei.

— Vocês precisam de alguma coisa para comer? Beber?

Dois Corações

— Layla nos mostrou onde as coisas fi-ficam e já bebemos a s-sua cerveja — Kalu comentou, dando de ombros.

— Tudo bem — falei, jogando-me em uma das poltronas na sala. — Ela falou do Fred?

— Apenas que ele fez uma cirurgia contra um câncer de tireoide, mas se você puder dar mais informações… — informou Noah.

Acenei, sabendo que estariam preocupados e pensando em quanta informação dividir.

— Quando éramos crianças, Fred teve leucemia. Foi um tratamento longo e difícil, que tirou anos da infância dele. Mesmo depois que o câncer desapareceu, ele frequentava o hospital assiduamente e teve uma vida muito regrada. Porém, todos os exames indicavam que ele estava bem e que não teria problemas com isso nunca mais. Eu, pelo menos, relaxei quanto a isso. Mas Fred descobriu há algumas semanas esse novo câncer, que não tem nada a ver com o primeiro. O médico indicou a cirurgia e disse que era a melhor chance dele; remover a tireoide de uma vez para não arriscar que se espalhe.

— E como foi a operação?

— O doutor contou que está tudo dentro do esperado, mas serão necessários alguns exames antes de afirmar com exatidão. Vamos esperar mais alguns dias ou semanas, não sei ao certo. Só fiquei sabendo sobre o novo câncer ontem.

— E o que p-podemos fazer para ajudar? — Kalu questionou.

— Sendo honesto, também não sei. Fred vai voltar hoje e está bem reticente quanto a receber ajuda. — Eu ainda estava um pouco revoltado com isso. — Uma amiga dele virá em breve para ficar aqui. Acho que, na verdade, só preciso da compreensão de vocês para me afastar por uns dias.

— Fred não quer ajuda porque tem medo de atrapalhar? — Noah perguntou e minha resposta foi um aceno. — Eu entendo. Mas de minha parte vou ajudar, sim. Seja ficando aqui para jogar videogame enquanto ele precisa de repouso ou fazendo entrevistas insuportáveis para cobrir sua ausência.

Amizade.

Lembro bem que me senti muito sozinho quando meu pai morreu e todas as responsabilidades caíram sobre mim. Entrar em uma banda e ter pessoas resolvendo as coisas para mim foi importante naquele momento em que eu estava tão sobrecarregado. Mas, na verdade, a minha parte

favorita de entrar na Age 17, agora Our Age, foi a amizade com aqueles quatro. Olhar para cada um deles e saber que estávamos no mesmo barco, nos apoiando, sempre foi muito importante. E seria outra vez.

— Se vocês não tiverem mais dúvidas sobre meu irmão, quero falar sobre a matéria da traição — comecei, depois de algumas perguntas que eles fizeram. Sem oposições, continuei: — Tem duas fotos, uma antiga e uma nova. Na antiga, Layla e eu estamos nos beijando. Foi uma vez, antes de o programa surgir. Chegamos à conclusão de que não daria certo e nunca passou daquele único beijo. Um tempo depois, ela conheceu Owen e nós permanecemos apenas amigos, como fomos a vida inteira. Eu nunca faria algo do tipo com Owen ou com qualquer um de vocês. — Encolhi os ombros. — A segunda foto é recente, de alguns dias, mas foi só uma questão de ângulo. Em todas as outras imagens estamos apenas próximos, porque somos amigos.

— Pô, cara, eu acredito de verdade em você, mas acho que deveriam ter contado antes para não haver nenhuma confusão, sabe? — opinou Noah.

— Eu sei, mas o meu medo era de que Owen pensasse que havia algo entre nós ainda. Layla estava muito feliz e eu não quis que ela perdesse isso por causa de um beijo que não deu em nada e não iria se repetir.

— Obrigado por nos contar. Vamos tentar acalmar Owen o suficiente para ele escutar você.

— Ele está bravo? — questionei, com medo pela primeira vez.

— Não estava bravo quando conversamos — revelou Noah. — Mas acho que um voo longo como esse pode fazer a cabeça dele viajar por muitos caminhos.

Sentados na sala, ficamos aguardando a chegada de Owen e conversando sobre a doença de Fred. Assim que o carro estacionou, Noah foi na frente abrir a porta, mas fiquei do lado de dentro, pronto para recepcioná-lo.

Nosso olhar travou um no outro e o nervosismo subiu ainda mais por mim. Senti-me exausto, o peso de toda aquela situação me dominando. Meu irmão estava no hospital, e um dos meus melhores amigos me odiaria por saber que fiquei com sua ex-namorada. Poderia perder minha banda e meus amigos. Só esperava não perder meu irmão.

Mas, apesar do medo de levar um soco de primeira, Owen me puxou para um abraço. Apertado.

Tentei explicar ali, mas Owen logo me interrompeu e pediu para conversarmos a sós. Fomos até meu quarto no segundo andar. Lá, tentei me

justificar, falar sobre o que saiu em relação à Layla, mas ele não quis me ouvir. Sua prioridade era garantir que eu estava bem.

— De boa, depois de não sei quantas horas sozinho com meus pensamentos, pouco me importa se você e Layla estavam fodendo pelas minhas costas. Só quero saber se você está bem; e, se não estiver, quero que saiba que estou aqui por você. As explicações podem vir depois.

Depois de afirmar que eu queria tirar aquilo que estava em meu peito de uma vez, Owen aceitou me ouvir.

— Eu sou apaixonado pela Layla. Desde… desde criança. Nós nos conhecemos muito cedo e somos amigos por todo esse tempo. No primeiro ano da faculdade, pouco antes de entrarmos no programa, a gente se beijou. Mas eu era muito imaturo, a Layla também. Estava passando por um período de merda depois da morte do meu pai. Eu sabia que ficar com ela naquela época ia estragar tudo, poderia arruinar nossa amizade. Queria que ela conhecesse outras pessoas, vivesse os próprios sonhos. Então nós dois concordamos que era melhor permanecermos amigos. Foi quando entramos no programa e ela conheceu você. No minuto em que vi os dois juntos, me arrependi de ter preferido apenas uma amizade.

Owen quis saber por que não contamos a ele, e eu justifiquei que não queria estragar algo tão bonito e puro entre eles. Não podia responder por Layla, apenas por mim. Falei que via o quanto ele cuidava dela e o quanto o que tinham era especial, e que aquilo era algo que eu sempre desejei para ela. Que conhecesse alguém melhor que eu.

— Você é melhor que eu, Owen. Depois aconteceu toda aquela confusão com a gravadora, o contrato que não era contrato. E eu te juro, cara, nunca mais rolou nada entre nós. Nada. Todo o amor que eu sinto pela Layla me impedia de tocar em um fio de cabelo dela, de maneira que pudesse estragar o que vocês tinham. Agora no final foi ainda pior, porque vocês brigavam e eu via o quanto ela estava triste, o que me fez me afastar um pouco. Mas ela é minha melhor amiga, você também. Por mais que eu quisesse socar a sua cara às vezes, pelo que estava fazendo com ela, eu só queria te ver bem também.

Prossegui falando sobre as fotos, explicando que tinham sido tiradas fora de contexto. Depois de um tempo em silêncio, Owen deu uma resposta que considerei muito honesta.

— Eu quero esquecer e fingir que isso não aconteceu, Mase, mas a dor da traição ainda está aqui. Mesmo acreditando em você. — Ao ouvir

aquilo, expliquei que aceitaria que a gente se afastasse por um tempo, reiterando que não fizemos nada. Mas sua resposta foi definitiva: — Não quero me afastar, porra. Quero estar aqui com você nesse período de merda. Mas mesmo assim dói. Acho que vai levar um tempo.

— O tempo que você precisar, cara. Se quiser, se ajudar, eu e Layla podemos nos afastar um pouco… — ofereci, mas ele logo me cortou:

— Não. Ela é sua melhor amiga. Você vai precisar dela agora.

Nossa conversa continuou e ele foi honesto de novo, dizendo que não estava pronto para nos ver namorando ou algo do tipo, mas entendia que isso era um problema seu. E eu compreendia o seu lado, pois provavelmente pensaria o mesmo se minha ex-namorada ficasse com meu melhor amigo tão pouco tempo depois de terminarmos. Tinha que ser uma situação estranha, com sentimentos mistos. Mas expliquei a ele que aquilo não aconteceria, porque foi há muito tempo e Layla só me via como amigo. Além do mais, a situação de Fred era um peso que ainda não tinha saído dos meus ombros.

Cansado, terminamos a conversa com ele pedindo para tomar um banho. Mostrei o quarto de hóspedes, onde ele poderia se refrescar e tirar um cochilo, se precisasse. Pela sua expressão facial, ele parecia precisar.

No meio de tudo isso, chorei várias vezes, mas não apenas por tristeza. Por alívio também. Era uma crise a menos para solucionar. Meu irmão ainda precisava de cuidados, mas estaria em casa ainda hoje e enfrentaríamos juntos os problemas que aparecessem.

E com o apoio da Our Age, minha família.

O caos na sala de casa era enorme. Todos os meus amigos queriam opinar, e Owen simplesmente não conseguia manter a seriedade por nada neste mundo. Eu não estava acostumado a receber pessoas ali. Fred e Layla eram os únicos, mas foi bom ter meus amigos. Talvez fosse a hora de começar a receber mais gente em casa, pois estava me ajudando a passar por aquilo ali.

— Sério, gente. Tira uma foto aqui. — Jogou o braço direito sobre o meu ombro. — Layla, vem para o lado de cá. — Gesticulou com o esquerdo. — A gente posta a foto assim, com nós três sorrindo, e afasta esses rumores idiotas. Se virem que estamos bem juntos, que ainda somos amigos, vão parar de inventar polêmicas.

Como se fosse assim tão simples.

— Para de besteira, Owen. A primeira coisa que vai acontecer é dizerem que os dois estão ficando com a Layla e chamar a garota de promíscua — argumentou Erin. Não queremos mais ódio nas redes dela.

— Não vamos fazer isso, por favor — pedi, sério. Layla não precisava de mais ódio.

— Sim, escutem esta nota que escrevemos. Se estiver tudo ok, vamos divulgar.

Nota para a imprensa
A assessoria da banda Our Age declara como inverídicas as matérias que afirmam um relacionamento romântico entre Layla Williams e Mason Prather. Há apenas uma amizade de infância entre os dois e carinho mútuo. As imagens divulgadas pela imprensa foram retiradas de contexto.
Devido ao recente término de Layla Williams e Owen Hill, pedimos que fãs e jornalistas respeitem o momento dos integrantes.
Permanecemos à disposição para eventuais dúvidas.

Nono

When the rain is pouring down and my heart is hurting, you will always be around, this I know for certain.
Quando a chuva estiver caindo e meu coração estiver ferido, você sempre estará por perto, disso eu tenho certeza.
No one - Alicia Keys.

28 de agosto de 2019.

Owen se jogou na cadeira da mesa da sala de reuniões, o último do grupo a chegar. Seu atraso não era surpresa, mas esse sorriso em seu rosto eu não via há um tempo. Desde que voltou do Brasil, estava assim.

Audrey fechou a porta, vindo para frente da sala. Na sequência, distribuiu um bloco enorme para cada um.

— Imprimimos o roteiro, porque assim fica mais fácil para vocês ensaiarem, marcarem, escreverem. O que facilitar. O professor de teatro virá hoje à tarde, para ajudar vocês. À noite, a equipe do filme virá até aqui para algumas provas de figurino. A primeira sessão de fotos acontecerá amanhã, às oito. Saímos daqui às sete.

As filmagens do filme estavam bem próximas de começar. Nenhum de nós tinha experiência com atuação, mas acredito que era um consenso que daríamos o nosso melhor. Mesmo que eu não soubesse bem qual era o meu.

Audrey deu mais alguns avisos antes de se sentar. E logo Erin ficou de pé, pontuando outros compromissos.

— Há mais uma coisa que eu gostaria de abordar com vocês, antes de seguirmos os compromissos. — Seu tom era sério e, por isso, todos paramos o que estávamos fazendo para dar total atenção a ela. — Desde que comecei a trabalhar com vocês, sinto que essa banda tem um compromisso

Dois Corações

com Layla. Ela esteve ao redor de vocês cinco por anos e sei o quanto gostam dela, mas isso cobrou seu preço. Acredito que vão concordar que ela recebia ódio das fãs de vocês mesmo quando o relacionamento com Owen era um mar de rosas.

— É, diziam que ela se escorava em nós, em nosso sucesso — comentou Owen. — E isso foi o menor dos comentários de ódio.

— As coisas estão bem piores agora, como sabemos. E acho que precisamos fazer mais por ela do que só dizer a portas fechadas que estamos ao seu lado.

Nisso eu estava cem por cento de acordo. Nos últimos tempos, vi minha amiga sofrer demais. E, mesmo que soubesse que tinha nosso apoio, isso não se traduzia nas redes sociais.

— O que você sugere, Erin? — questionou Finn. — Pensou em algo?

— Além de oferecer proteção da nossa equipe para ela, eu gostaria que os cinco fossem às redes sociais para pedir a compreensão dos fãs. E quero ir atrás de entrevistas para ela — se Layla aceitar, é claro — em revistas e outros lugares, assim poderíamos acalmar os ânimos e mostrar a versão dela dos fatos.

— Não sei se ela vai querer dar entrevistas — opinei. — Layla está dando um tempo da mídia para fugir um pouco.

— Você acha que Layla quer afastar a imagem dela da mídia de vez ou é uma coisa de momento? — Erin me perguntou.

— Ela quer ficar fora até esquecerem, até conseguir ter paz. Quando Owen revelar que está namorando, talvez esqueçam um pouco dela.

— Vai demorar um pouco a acontecer — disse, dando de ombros. — Não vou jogar Júlio nessa bagunça tão cedo. Ele já tem muitos problemas para resolver e não estamos nem namorando ainda.

E, mesmo declarando isso, o sorriso bobo não saía de seus lábios.

— Sei que Layla também quer voltar para a faculdade e terminar. Acho que vamos ter que conversar com ela para entender melhor o que quer.

— Claro. — Erin focou em mim, um sorriso leve no rosto. — Eu converso com ela ou você quer fazer isso?

— Eu faço quando chegar em casa. — Morávamos sob o mesmo teto, afinal. — Trago a notícia amanhã.

— Ótimo, então vamos em frente.

Seguimos o baile, aproveitando o máximo possível de nosso dia. É bom finalmente estar de volta ao trabalho, porque podia me focar nisso e deixar todo o nervosismo com a minha vida pessoal de lado.

Ao dirigir de volta para casa, tudo aquilo pesava em minha cabeça, ciente de que eu veria Layla e Fred de novo.

A saúde do meu irmão estava... Não sei explicar. Aparentemente, ele estava reagindo como o médico esperava, mas era difícil dizer com toda certeza. E, depois de uma vida de tantas incertezas, eu só queria respostas concretas.

Queria acordar com a garantia de que meu irmão estava bem.

E, além de Fred, havia outra coisa que estava mexendo com a minha vida pessoal: a presença de Layla em minha casa.

Pareceu uma boa ideia quando ofereci; era uma casa grande, ela era minha melhor amiga e tudo se mostrava bonito no papel. Porém, seu retorno para a minha vida foi diferente do que era há tantos anos, sendo ela namorada do meu melhor amigo. Layla voltou a ser aquela garota de antes, que fazia meu coração bater mais forte. A amiga carinhosa que estava sempre comigo e que arrepiava minha pele com seu toque.

Ela voltou para a minha rotina.

Ela voltou para os meus sonhos.

Ela voltou para o meu coração.

E essa era a coisa mais insana de todas, porque eu sabia exatamente o que significaria dar um passo à frente em uma relação com ela.

Eu sabia qual seria o impacto na dinâmica da banda, o que seria o resultado disso entre os fãs. E eu não queria isso para Layla. Não queria a dor de cabeça na minha vida também, o estresse, só que havia algo lá no fundo dizendo que qualquer coisa valeria a pena para ficar com ela.

Esse era um sentimento que eu tinha desde o ensino médio, que me fez beijar minha melhor amiga inesperadamente. Consegui controlar, colocando nossa amizade em primeiro lugar, só que esse era um sentimento que voltou com tudo agora.

Dois Corações

55

Ao chegar em casa, encontrei Layla sentada no chão de seu quarto e meu irmão deitado em sua cama. Parei à porta, chamando a atenção dos dois sem dizer nada.

— A gente pode conversar um minuto? — questionei assim que ela ergueu os olhos para mim.

— Querem que eu saia? — Fred perguntou ao ver que ela não respondeu.

— Não é segredo — falei, dando de ombros.

— Deixa só eu terminar isso aqui — pediu ela, mexendo em algumas caixas sob a cama.

Fui em frente, sentando na cadeira de sua penteadeira.

— Como foi a aula de atuação? — Fred indagou com um sorrisinho no rosto.

— Achei que seria pior. — Ri, sem graça. — Acho que vai ser um pouco difícil decorar as falas, mas não foi tão impossível quanto pensamos que seria. Bom, quanto eu pensei que seria. Alguns foram melhores que outros — comentei, lembrando a performance exemplar de Owen, que incluiu lágrimas de raiva e tudo.

— Aposto que Owen foi bem. Ele sempre disse que queria tentar atuar algum dia. — Layla se levantou do chão e foi até o guarda-roupa para deixar algo.

— Ah, sim. Eu estava mesmo pensando nele.

Ela foi até um espaço vazio na cama e sentou, virada para mim.

— O que você quer falar?

Encostei-me na cadeira, pensando em como iniciar.

— Você foi assunto na nossa reunião hoje.

Ela franziu o cenho de imediato.

— Fiz algo de errado?

Neguei logo, passando a mão pelo cabelo e tentando ganhar tempo.

— Erin levantou a questão de que deveríamos fazer algo mais contundente por você. Mostrar nosso apoio e tentar controlar aquelas fãs que estão te atacando.

— Essas garotas não são fãs — meu irmão apontou, dando de ombros. — Elas só sabem destilar ódio.

— É, mas precisamos fazer alguma coisa, sendo fãs ou não. Não podemos fingir que não acontece. Conversamos sobre fazermos um pedido nas redes sociais, só que Erin questionou sobre irmos além. — Expliquei o plano dela, de encontrar espaço na mídia para que Layla desse sua versão

56

e tentasse se defender. — Fiquei de perguntar se você *quer* fazer isso ou se prefere apenas sumir da mídia.

Ela suspirou, abaixando a cabeça até as mãos.

— Acho que quero ficar um pouco longe de tudo, Mase. Deixar abafar um pouco. Vou voltar para a faculdade e focar em mim por um tempo. No futuro, se as pessoas não me esquecerem, talvez aparecer na mídia seja importante. No momento só quero sumir.

E eu entendia totalmente. Levantei da cadeira e fui até a cama. Layla seguia com a cabeça abaixada, os ombros caídos. Senti que minha amiga precisava de um abraço e foi o que eu fiz. Passei os braços ao seu redor assim que me sentei ao seu lado. Levemente, seu corpo começou a tremer. Percebi o som baixo de um choro, que foi crescendo aos poucos. Fred percebeu o que estava acontecendo e se sentou, apoiando a mão na cabeça dela. Afaguei suas costas, tentando acalmá-la.

Não sei exatamente o que foi seu gatilho no momento, porém seu choro não me surpreendia. Anos de abuso on-line podem derrotar qualquer um, não importa sua força.

Layla se apoiava em mim, um pouco torta, então puxei suas pernas de lado para o meu colo, permitindo que passasse os braços pelo meu pescoço. Fred recuou, um olhar estranho em seu rosto. Comecei a embalar minha amiga, e passava um filme na minha mente com todas as vezes em que a confortei no passado e ela fez o mesmo por mim.

Fred se aproximou de nós outra vez, deixando um beijo no topo da cabeça de Layla e sussurrando:

— Vou dar espaço a vocês, mas é só chamar se precisar de mim.

Ela tirou o rosto que estava escondido na curva do meu pescoço e sorriu para ele. Um sorriso triste, mas que mostrava que ficaria bem. Fred encostou a porta ao sair, nos dando privacidade.

— Desculpa desmoronar desse jeito — pediu Layla, se dando conta do que estava acontecendo.

— Ei, te segurar é meu papel de amigo.

E sempre foi assim. Fred e Layla tinham uma boa relação, mas meu irmão era muito fechado com seus sentimentos. Então, apesar de nós três estarmos sempre juntos, quando a conversa era mais séria e descambava para esses assuntos, era comigo que ela desabafava.

— Eu não sei de onde veio tudo isso. Acho que pensar no que vocês estão dispostos a fazer por mim foi... demais.

Dois Corações

— Não deveria ter sido, Lay — garanti, segurando sua mão na minha.
— Você esteve ao nosso lado por anos, aguentando um monte de ódio sem reclamar. Precisamos fazer algo para evitar isso, além de apenas te mostrar apoio às escondidas. É nossa obrigação.

Ela me abraçou de novo, mas dessa vez sem lágrimas. Eu nos levei à cabeceira da cama, encostando lá. Lay ficou ao meu lado, com a cabeça deitada em meu ombro. Recordei uma cena parecida de antes atrás e uma música invadiu minha mente. Era uma de suas favoritas em nossa adolescência e eu cantava para Layla nos momentos difíceis.

Era uma música de amor, mas esse sempre foi o sentimento que nos envolveu, no fim das contas.

— *When the rain is pouring down and my heart is hurting, you will always be around, this I know for certain.*

Eu comecei a cantar e imediatamente um sorriso se espalhou em seu rosto, e um suspiro escapou de seu peito. O trecho da música falava de a chuva cair e o coração estar ferido, mas ter a certeza de que o outro sempre estaria por perto.

DÉCIMO

Vi que era amor quando te achei em mim e me perdi em você.
Dois corações - Melim.

9 de setembro de 2019.

Paguei o motorista e desci, me arrastando de sono. Eu deveria ter vindo de carro, mas tive medo de dormir ao volante. Andei no ritmo de uma tartaruga pelos corredores e só me dei conta de onde estava quando parei na porta do meu trailer. Dei oi para algumas pessoas no caminho, mas não conseguiria dizer quem eram.

As gravações do filme do qual aceitamos participar começaram nos últimos dias e já estavam acabando com todo meu vigor físico. As cenas de ação estavam se mostrando acima da minha capacidade, mas eu não desistiria assim tão fácil.

Não estava do lado de dentro há dois minutos quando uma batida na porta chamou minha atenção. Fui até lá, esperando que fosse alguém da maquiagem, mas era Erin.

— Ei, o que houve com o seu celular? — questionou, entrando no camarim e parecendo nervosa.

— Eu trouxe, mas não sei se está ligado. Acho que a bateria só deu para pedir o carro de aplicativo. — Puxei o aparelho do bolso, vendo que tinha apagado. — Estou morrendo de sono. O que houve?

— Vamos atrasar as gravações hoje e queria te pedir para ficar no camarim de um dos garotos. Não queremos nenhum de vocês sozinhos.

— Por quê?

Ela suspirou, fazendo uma pausa mais longa que o necessário antes de falar:

— Alguém conseguiu se infiltrar aqui durante a noite e vandalizou o camarim da Debra.

Debra era a atriz que fazia o papel de Layla no filme. Além de nós cinco, algumas das pessoas que recorrentemente estavam ao nosso redor foram transformadas em personagens. Layla era uma delas.

— Ela está bem? — perguntei, preocupado.

— Sim. Ela não estava lá. Mas, além de destruírem o interior, picharam a parte de fora. — Ao ver meu olhar de dúvida, ela prosseguiu: — Escreveram "Layla vadia" e "vamos matar essa puta".

— Meu Deus.

Caí sentado no sofá atrás de mim sem perceber. Eu não tinha palavras.

— É, eu sei. Passaram totalmente dos limites.

— Limites? Isso foi… Nós pensamos… Eu pensei que tinha acabado quando prenderam aquele homem — revelei, sentindo meu corpo tremer.

— E nós também. Já entramos em contato com a polícia. E pedi para Kenan ir encontrá-la, para passar o dia fazendo sua segurança.

— Tenho que avisar a ela — disse, levantando para procurar o carregador. Subitamente, me sentia completamente desperto.

— Já avisamos — Erin falou, e eu parei no meio do caminho. — Tentei ligar para você primeiro, mas não consegui, então Owen ligou.

— Preciso falar com ela mesmo assim. Talvez seja melhor Layla não ir para a faculdade hoje e ficar com a gente, né? — Voltei a andar, com o foco de fazer meu telefone funcionar. — Mas não aqui. Quem sabe se eles vão voltar, né? E nós? Vamos passar o dia aqui? Ainda teremos filmagens? O que vai acontecer? — disse em disparada.

— Vamos trabalhar normalmente, não podemos perder um dia inteiro de filmagens. Só estamos cuidando da segurança para garantir que não haja outra invasão. Junte tudo que vai precisar e fique no trailer de algum dos caras. Noah está com Owen, e Kalu com Finn.

Erin não me deixou demorar mais ali. Logo que me viu reunir tudo, fez com que eu deixasse o camarim e fosse para o de Owen. Passamos cerca de uma hora e vinte esperando. Assim que consegui 2% de bateria, liguei para Layla, que tinha ficado em casa com Fred assim que recebeu a ligação. Trinta minutos depois, a equipe de maquiagem entrou no trailer e começou a trabalhar. Quando o set de gravação foi liberado e deixamos o camarim, havia mais seguranças do que eu já tinha visto em toda a minha vida, e policiais cercavam o camarim de Debra.

Ao encontrá-la no set, toquei seu braço para saber como estava, mas ela saltou, assustada.

— Ei, só queria saber se você está bem.

— Estou. — Mas não parecia. — Acho que só um pouco assustada com tudo. Obrigada por perguntar.

Foi difícil filmar naquele dia, pois minha cabeça estava focada demais em Layla e no perigo em que a colocamos. Felizmente, depois do almoço meu nervosismo diminuiu um pouco. Estava sentado no meu camarim com Owen quando bateram à porta, e era ela.

Fiquei de pé na hora e puxei-a para meus braços.

— Você está bem? — Segurei seu rosto entre as mãos, estudando sua expressão.

— Estou. — Envolveu meu punho direito, afagando de leve a minha pele. — Kenan e Fred não me deixaram sozinha hoje.

— Puta que pariu. — Eu a puxei para um abraço de novo, segurando a parte de trás de sua cabeça com uma das mãos e prendendo sua cintura com a outra. — Me desculpa. Caramba, Lay, me desculpa. Não era para isso estar acontecendo com você.

— Não se desculpe, não é culpa sua. — Ela nos afastou um pouco e fiquei procurando em seus olhos a confirmação de que estava mesmo bem.

Ouvi uma tosse e só então me lembrei da existência de Owen. Soltei Layla a contragosto, deixando que ele se aproximasse.

— É culpa nossa, sim, Lay. — Ele segurou seu ombro. — Nossa fama trouxe isso para você. Mas isso acaba agora, ok? — Olhando para mim, conversamos pelo olhar. Falamos sobre isso há uns dias e, mesmo que Erin não concorde muito, parecia o certo. — Vamos fazer o seguinte… — começou a contar depois que eu assenti.

Layla não queria, mas aceitou a sugestão. Trancamos a porta do camarim, colocamos a câmera no lugar e abrimos o Instagram, iniciando a live.

Era no perfil da banda e, enquanto Owen ajustava o enquadramento, digitei uma mensagem para Erin, avisando o que estávamos fazendo e que não voltaríamos atrás.

— Estamos ao vivo! — ele anunciou.

Travei o celular e virei para a tela.

— Vamos esperar mais pessoas aparecerem? — perguntei, mesmo vendo o número de participantes crescer.

— Sim, vamos dar alguns minutos — pediu Layla.

Ficamos conversando bobagem e lendo os comentários. Quando o número estava bem alto, Owen começou:

— Olá, vocês! Nossa equipe vai nos matar, porém aqui estamos. Acho que todos nos conhecem, mas vamos nos apresentar. Eu sou o Owen.

— Eu sou Mase. E nós somos parte da Our Age.

— Eu sou Layla Williams. E não sou parte de banda nenhuma.

— Dito isso, viemos esclarecer algumas coisas. — Apertei a mão de Layla, já que ninguém podia ver. — Muita coisa foi dita recentemente na imprensa, muitos rumores surgiram, tudo envolvendo os nossos nomes. Então decidimos contar nossa versão da história.

Puxei o assunto, mas fomos os três completando. Contamos sobre como Layla e eu éramos amigos muito próximos desde o começo e que, quando adolescentes, nós nos beijamos. Que a foto circulou pelas redes sociais dos alunos da nossa antiga escola, mas que nosso relacionamento permaneceu platônico. Falamos de quando eles dois se conheceram, de como o relacionamento se desenvolveu e de como terminou. E, no fim, Owen fez questão de completar:

— Depois que terminamos, eu já fiquei com várias pessoas. Homens e mulheres. Layla não levantou a voz para falar nada, porque ela entende que nossa relação terminou e podemos ficar com quem quisermos. Eu também entendo. Agora, vocês precisam entender. Se Layla quiser sair com Mase, Noah, Finn ou Kalu, ou com os quatro ao mesmo tempo, ela tem todo o direito.

— Todo o direito também não. Noah, Finn e Kalu têm namorada… — Layla disse de imediato.

— Ah, sim, mas Mase não — soltou em tom de brincadeira. — Se eles decidirem reacender a chama da paixão adolescente e começarem a namorar, eu apoio. Enfim. Agradecemos por todo amor e carinho que vocês têm por nós, mas pedimos que possam respeitar as decisões que tomamos.

— E, principalmente, que respeitem Layla como pessoa — pedi. — Ninguém merece passar pelo que ela está passando. Ninguém merece sofrer as ameaças que está sofrendo nem ouvir as ofensas que está recebendo. Por favor, se vocês nos amam, se amam a nossa música, respeitem nossas vidas pessoais e as pessoas que amamos.

— Eu amo Layla e sempre vou amar, como uma grande amiga. Mas nosso romance acabou, e isso foi o melhor para nós dois. E, quando vocês a machucam, é a nós que estão machucando.

Encerramos a live na sequência. Com o celular no bolso, ele se levantou e foi em direção à porta.

62

Carol Dias

— Vou acalmar nossa assessora, que deve estar surtando, mas quero que saibam de uma coisa: — Parou, até conseguir nossa total atenção. Então voltou a falar, afastando-se para a porta: — Espero que vocês encontrem o caminho um para o outro. Espero que possam superar o que o mundo lá fora pensa, porque cheguei à conclusão de que não há nada mais bonito do que vocês dois juntos. Essa amizade é muito linda e eu tenho certeza de que existe mais aí dentro, que vocês estão aprisionando há anos. Eu já tive que me manter aprisionado, gente, e não desejo isso para ninguém. Aproveitem que eu vou enrolar a Erin e assumam logo de uma vez essa relação.

— Mas não tem rela... — Layla começou a falar, mas ele já estava batendo a porta atrás de si.

Eu ri sozinho, porque Owen é mesmo o tipo de pessoa que solta a bomba e sai correndo.

— O que você acha disso, Lay? — perguntei, passando o braço sobre o ombro dela. — Não daria certo, né? Éramos adolescentes.

Dei de ombros, tentando diminuir tudo aquilo. Na verdade, eu ainda estava surtando com o que Owen tinha insinuado durante a live e não queria demonstrar.

— É... Os últimos meses foram muito corridos. Passamos por muita coisa. Minha separação foi confusa, seu irmão está doente... Talvez sejamos melhores um para o outro se formos apenas amigos.

Balancei a cabeça, concordando. Não conseguíamos olhar um para o outro. Uma das minhas mãos estava sobre o colo e logo senti os dedos de Layla sobre os meus. A onda de choque que se espalhou pelo meu corpo foi inesperada e fez meu pescoço se virar para o lado dela. Layla deve ter sentido algo parecido, pois imitou meu movimento. Pela nossa proximidade, nossos narizes se roçaram.

Eu me senti um adolescente novamente, apaixonado pela melhor amiga.

Só que, agora, apaixonado pela mulher mais especial que conheci em todos os anos que passei por esta Terra.

Senti seu nariz roçar na minha bochecha. Senti seu olhar descer para os meus lábios. Seu hálito escovar minha boca, sua mão subir pelo meu braço. Senti dois corações batendo, descompassados.

E tudo que eu queria era sentir.

— Mase...

— Lay... — A ponta do nariz dela escovou minha mandíbula. — Apenas amigos, não é?

Dois Corações

63

Mas minha mão foi para a sua nuca, segurando seu rosto bem perto do meu.

— Sim, apenas amigos.

— É, eu...

Sem aguentar mais um segundo, puxei seu pescoço para mim e toquei seus lábios com os meus pela segunda vez na vida.

Foi como se o tempo não tivesse passado. Eu me senti aquele Mason de novo, que via Layla como sua musa inspiradora, como aquela que o impulsionava a ser melhor.

— Eu te amo, Lay — sussurrei, tão baixinho que nem sei se ela ouviu.

Segurei nos meus braços a mulher por quem eu daria a minha vida. E prometi não deixar que nada mais nos afastasse.

— Eu também. Nunca deixei de te amar. — Com tais palavras sussurradas em meus lábios, meu peito se encheu.

Empurrei Layla para trás, até deitá-la no sofá. Meu tórax tocou o dela e senti nossos corações novamente. Só que, dessa vez, eram dois corações batendo como um só.

Epílogo

Mas chegou, acabou, é hora de dizer adeus.
Fatalmente – Rodriguinho e Tiaguinho

Querido leitor,

Aqui quem vos escreve é Carol Dias, a autora do livro. Sim, eu escrevi o livro inteiro, mas a narração era do Mase. Agora é minha.

Eu sei… eu sei que depois desse final você vai ficar se perguntando: mas e aí? O que aconteceu? Eles construíram um relacionamento? O namoro deles vai dar certo? O que os fãs acharam disso? É, eu entendo que há muitas questões, mas o final desta história era para ser assim mesmo. Esse casal deveria terminar aí, porque tudo que eu tinha para contar foi contado. Mas, como sou uma autora bem legal, resolvi escrever esta carta para vocês e ela é um pouquinho diferente.

Esta carta é para contar como estão os nossos personagens, afinal, esta história termina no final de 2019 e aconteceu muita coisa depois disso… pandemia, por exemplo. Em alguns anos, muita coisa rolou. O que posso dizer para vocês é…

Thainá virou porta-voz em campanhas de violência contra a mulher. Ela gravou um documentário contando tudo o que viveu e mostrando o que fez para se amar novamente. Seu relacionamento com Tiago era como uma brisa, pois os dois se respeitavam e se completavam como poucos casais. Até a data em que este livro foi escrito, eles se tornaram senhor e senhora Mendes e planejavam ter filhos muito em breve. Ela se sentia feliz, segura e amada. E Tiago se esforçava dia e noite para manter o amor dos dois mais vivo a cada dia.

Ester encontrou em Bruno um amor único e não quis esperar muito para ser a senhora Santana. Acabou se tornando a segunda mamãe das Lolas, e Guto, o bebê que tiveram, se tornou xodó das cinco. A gestação foi

diferente da de Paula, quando recebeu apoio das garotas, das amigas e dos irmãos de Bruno. As crises de Síndrome do Pânico não retornaram mais e, quando ameaçavam fazer alguma aparição, ela era abraçada por aquele que se tornou seu porto seguro. Se um dia foi triste, Ester não conseguia lembrar, porque sempre encontrava a felicidade nos olhos daqueles que amava.

Bianca e Alex eram um casal divertido de se ver a conexão. A relação dos dois passou a ser fácil, tranquila e de muita parceria. Estavam sempre juntos no tempo livre, porque trabalhavam demais. E acabaram se tornando um casal muito ativo e meio radical, pulando de paraquedas, dirigindo no kart, fazendo ciclismo. Trancados em casa com a pandemia, se tornaram pais de gêmeos. Acabaram gostando da ideia e planejam ter mais três bebês. Coragem? Acho que sim. Vejamos se levam o plano até o fim.

Raíssa Barbieri e Igor Satti. Ah, esse casal. Por serem amigos, rapidamente se tornaram inseparáveis e achamos que ficariam juntos vivendo um sonho perfeito. Mas, se você leu mesmo esta série, sabe que Raíssa não é nada fácil. E ela tem muitos problemas consigo mesma que estavam sendo trabalhados. Além disso, o fato de suas carreiras os manterem separados por tanto tempo, fez com que achassem que era melhor ficarem separados. Mas isso foi no Natal de 2019, eles fizeram um drama sem igual. E sabe o que veio depois? A pandemia. Que os dois passaram juntos, depois de um beijo de reconciliação no carnaval. Os dois estão bem, obrigada. O anel brilhante na mão dela e os convites sendo enviados anunciam que um casamento virá em breve.

Paula não esperava encontrar um pai para sua filha, nem que ele se mudaria da Inglaterra para viver com ela em terras cariocas. No início, era apenas para ficarem juntos na pandemia. Mas depois… Finn não quis mais ir embora. Só o fez quando compromissos da banda obrigaram, mas voltava sempre que havia oportunidade. Os dois se casaram assim que foi possível reunir as pessoas novamente. E decidiram ser pais outra vez, agora por adoção. Lola ganhou o sobrenome de Finnick, assim como as crianças que vieram depois. E algo me diz que o raio que caiu para que Paula ficasse grávida caiu uma segunda vez.

Noah, como vocês viram, se casa com Erin em 2023. Apaixonados um pelo outro e pelo trabalho, filhos não parecem estar nos planos imediatos dos dois. A meta deles é ter estabilidade quando forem aumentar a família. No momento da carreira, eles estão sempre viajando — seja pelos compromissos da banda ou porque querem conhecer o mundo juntos. Algo me

diz que os planos de estabilidade serão interrompidos após uma viagem romântica para a Malásia.

Kalu e Mahara também nos deram um vislumbre de como seria a vida deles, com um lindo casamento tradicional que deixou ambas as famílias felizes. E o futuro mostrou que morar no mesmo terreno dos pais dele não foi má ideia. Com os filhos que logo vieram, eles puderam contar com a mãe, o pai e os irmãos do jovem para continuar em busca dos sonhos, trabalhando com o que amam. Após a estreia de *Seja meu para sempre*, ele nunca mais atuou, apesar da insistência dela, mas encontrou por trás das câmeras outra paixão além da música. Tornou-se diretor de vários dos clipes da banda e o futuro reserva uma parceria incrível nesse meio para o casal.

Depois que Júlio se mudou de volta para a Inglaterra, mesmo na pandemia, ele e Owen viveram altos e baixos. Teimosos como eram, passaram por alguns desencontros, mas sempre se esforçaram para não dormirem brigados. O amor dos dois prevalece, apesar das brigas homéricas. Após dois anos juntos, o desejo de se tornarem pais e de darem uma boa vida para crianças que não tinham uma ficou forte, e eles entraram com um processo de adoção. No momento em que escrevo este livro, ainda não conseguiram adotar, mas sinto que os planos de serem pais irão se concretizar bem em breve. Por enquanto, Owen trouxe um gato de uma ONG que visitou e os dois são pais de pet. Júlio foi contra no começo — o que resultou em briga, é claro —, mas logo se apegou ao bichinho.

Mason sabia, desde o beijo no trailer, que sua história com Layla seria muito, muito complicada. Mas os dois estavam apaixonados e não perderiam aquele sentimento, após tantos anos negando. Eles enfrentaram com coragem todo o ódio de seguidores e da mídia, todas as piadas e os comentários ácidos, usando aquilo como combustível para alimentar a sua união. Quando a Our Age encerrar os trabalhos, vários anos no futuro, os dois se esconderão ao norte da Inglaterra, em uma cidade bem pequena, onde viverão uma vida tranquila a dois. Os únicos momentos em que retornarão à Londres serão para ver a linda família que Fred construiu.

E apenas uma coisa eu posso garantir: mesmo com todas as reviravoltas no caminho, os nove casais viveram felizes para sempre.

Dois Corações

Agradecimentos

Poxa vida, acabou.

Quando eu comecei a lançar esta série, lá em 2019, achei que o fim não chegaria nunca. De onde foi que eu tirei que escrever dez novelas sobre dez personagens diferentes seria uma boa ideia? Enfim, foi uma boa ideia mesmo. Coisas incríveis aconteceram para mim nesse período. E aqui estão alguns agradecimentos a quem fez parte de todo o processo:

Primeiro preciso agradecer à Roberta Teixeira, minha editora, amiga e incentivadora, que investiu de diversas formas nesta série. Que acreditou nas histórias e nos personagens. E que nunca desistiu das Lolas e da Age. Obrigada, de verdade. Espero que tenha gostado do que escrevi.

A todas as outras pessoas que trabalharam nos livros: Anastacia Cabo, a melhor editora do Brasil; Talissa, que retratou os personagens exatamente como eu os imaginava; Fernanda, que revisou a série com todo carinho; as influenciadoras que divulgaram o meu trabalho; as betas Déborah, Érika, Julia, Paula e Sueli, que acompanharam a escrita como um todo. Coraçãozinho para vocês, suas lindas.

A todas as leitoras que me incentivaram a continuar e finalizar a série. A todos que ofereceram um período do seu tempo para me ouvir falar da série, seja nas lives ou em bienais. De forma especial, minhas falidas — a gente se afasta, fica um tempo sem se falar, mas vocês continuam ali por mim, nos momentos bons e nos momentos horríveis. O que seria da minha vida sem os leitores que conquistei pelo caminho? Obrigada!

E é isso. Daqui para frente, seguirei contando novas histórias, mas a série Lolas e Age 17 sempre será o trabalho do qual mais me orgulho. Espero que possam me acompanhar nas novas fases.

Beijos,

Carol Dias.